Jean Rolin

Le ravissement de Britney Spears

P.O.L

*Pour l'écriture de ce livre, l'auteur a bénéficié du Programme
des Missions Stendhal de l'Institut français.*

Né en 1949, Jean Rolin est écrivain et journaliste.

1

Le dimanche 15 août 2010, lis-je sur l'écran de mon ordinateur, après avoir longuement attendu la connexion dont je dispose par intermittence dans le bureau de Shotemur, le dimanche 15 août 2010, jour de l'Assomption de Marie, l'actrice Zsa Zsa Gabor, âgée de quatre-vingt-treize ans, a reçu les derniers sacrements dans sa chambre d'un hôpital de Los Angeles. L'article ne précise pas le nom de l'hôpital : toutefois, compte tenu de la personnalité de Zsa Zsa Gabor, il s'agit vraisemblablement du Cedars-Sinai. Cet établissement, expliqué-je à Shotemur (avec cette tendance à l'exagération qui me caractérise désormais), dont je me suis efforcé de corrompre le personnel, quelques mois auparavant, afin d'obtenir des informations sur la santé mentale de Britney Spears, et plus précisément sur le diagnostic établi par le service neuropsychiatrique de l'hôpital lorsque la chanteuse y fut brièvement admise, en janvier 2008, pour une « évaluation ». Le même jour — celui de l'Assomption de Marie —, l'agence X17 Online publie des photographies dénudées, très agréables à regarder pour certaines, de la comédienne Lindsay Lohan. Laquelle, après plusieurs semaines de détention à la prison de Lynwood, vient à son tour d'être admise pour une cure de désintoxication dans un centre de soins dépendant de l'UCLA (University of California Los Angeles). S'agissant de Britney Spears, l'agence X17 met en ligne des images de la chanteuse et de son partenaire habituel, Jason Trawick, au sortir d'un concert de Lady Gaga. Les images ont été faites de nuit sur un parking du Staples Center, à Los Angeles, où le concert était donné. De Britney elle-même, on ne distingue à l'arrière de la voiture — une Cadillac Escalade, de couleur crème, utilisée ces temps-ci par la chanteuse de préférence à tous les autres véhicules de son parc — qu'une masse informe de cheveux blonds, cependant que Jason, quant à lui parfaitement reconnaissable, s'efforce apparemment de la soustraire à la curiosité des paparazzis en se couchant sur elle. Inévitablement, on est amené à se demander pourquoi Britney, qui d'habitude joue le jeu de bonne grâce, était ce soir-là si désireuse de passer inaperçue : peut-être par caprice, ou parce qu'elle souhaitait dissimuler l'intérêt, éventuellement teinté de jalousie, qu'elle porte aux performances de sa rivale. (Dès la semaine suivante, on devait apprendre que Lady Gaga, en mobilisant plus de 5 700 000 suiveurs sur Twitter, avait battu, sinon pulvérisé, le record détenu jusque-là par Britney Spears.) À l'avant de la voiture, à côté du chauffeur, on reconnaît le garde du corps chauve, à face de saurien, que détestent les paparazzis, et qui assez vainement, pour autant que l'on puisse en juger, dirige vers l'auteur des photographies le pinceau d'une lampe de poche. Quant à Zsa Zsa Gabor, en ce jour où elle reçoit les derniers sacrements, l'article mis en ligne rappelle qu'elle a joué dans *Moulin Rouge*, de John Huston, en 1952, et six ans plus tard dans *La Soif du mal*, d'Orson Welles. À ce sujet, j'explique à Shotemur, qui ne me croit pas, comment, durant la plus grande partie de ma vie, cependant que je ne progressais que très lentement dans la hiérarchie des services, je me suis efforcé de ressembler au flic brutal et corrompu que dans *La Soif du mal* incarne magistralement Orson Welles, et comment j'ai échoué dans cette entreprise, non moins que dans beaucoup d'autres, tant parce que ma corpulence, plutôt chétive, n'évoquait en rien celle de l'acteur, que parce que moralement, en dépit de mon indéniable propension au vice, je ne parvenais pas à égaler la férocité et l'abjection de son personnage. Penché à son tour sur l'écran de mon ordinateur (il s'est rapproché tout à l'heure pour détailler les images de Lindsay, attiré comme une lamproie par l'éclat vénéneux de sa peau blanche semée de taches de rousseur), Shotemur se tient coi, faisant craquer les jointures de ses longs doigts, noueux comme des racines, dont je le soupçonne d'user souvent, d'une manière ou d'une autre, pour obtenir des aveux de ses clients, bien qu'en vérité je l'aie presque toujours vu désœuvré, perdu dans ses pensées, s'il en a, observant avec une fixité stupéfiante tel point de cette carte du Haut-Badakhchan qui couvre tout un pan de mur dans son bureau. Shotemur est à Murghab le responsable du Kismat-i Amniyat-i Milli, le service de sécurité que tout le monde ici persiste à désigner sous son ancien nom de KGB. Nous avons fait connaissance lorsque nos propres services, au début de l'été 2010 et au retour de ma mission à Los Angeles, m'ont exilé à Murghab, sous le futile prétexte, peu susceptible de dissimuler le caractère punitif de cette affectation, d'y relever les numéros d'immatriculation de tous les véhicules franchissant dans un sens ou dans l'autre la frontière chinoise. Parfois, il m'arrive de me demander si Shotemur, peut-être à son insu, n'est pas appelé à devenir l'instrument de ma perte ou, qui sait, de ma résurrection. À Murghab, cependant, mes jours s'écoulent dans une succession un peu morne, mais paisible. Une fois dit que je dois relever les numéros, l'échelon supérieur, désormais si lointain, se soucie de mon emploi du temps comme d'une guigne.

« Si vous vous ennuyez, m'a suggéré la veille de mon départ le colonel Otchakov, vous aurez toujours la ressource d'aller chasser le léopard des neiges ! » Et, devant le succès de cette saillie auprès des quelques personnes qui assistaient à l'entretien (et dont certaines étaient étrangères au service, circonstance tout à fait extraordinaire dans ce contexte), il n'a pu se retenir d'ajouter : « Cela devrait vous convenir assez bien, la chasse au léopard des neiges. Ou je me trompe ? »

2

La nuit vient, le silence et l'obscurité gagnent le bureau de Shotemur. Quelques reflets traînent ici et là sur le revêtement plastifié de la carte du Haut-Badakhchan ; la lumière bleutée émanant de l'écran de mon ordinateur vacille puis s'éteint. Si nous ne disposions du téléphone, nous serions maintenant coupés du monde et, personnellement, je n'y trouverais rien à redire. Dehors, comme nous le présumons, mais sans le voir, les derniers rayons du soleil, longtemps après qu'il s'est retiré de Murghab, doivent éclairer les cimes jumelles et enneigées du Mustagh Ata, la montagne qui domine la frontière du côté chinois de celle-ci. De la hauteur et de la distance d'où nous les observons, quand nous avons le loisir de le faire, ces cimes jumelles, culminant pour l'une d'elles à 7 546 m, sont peu spectaculaires, ou moins que prévu : elles ont quelque chose d'hercynien, si vous voyez ce que je veux dire. Pour satisfaire la curiosité de Shotemur, qui s'exacerbe au fur et à mesure que les ténèbres progressent, je dois de nouveau lui faire le récit des circonstances dans lesquelles j'ai pour la première fois approché Britney Spears (je prie tous ceux qui ont déjà entendu ce récit de m'excuser). Cela se passe à Los Angeles, le 10 mai 2010, dans Robertson Avenue, près de l'intersection de cette artère avec Santa Monica Boulevard. Fuck, que l'on pourrait présenter comme le chef suprême de tous les paparazzis de Los Angeles, ou le plus puissant d'entre eux, m'a appelé en fin de matinée, de sa voix traînante et voilée, presque inaudible, évoquant celle de Robert De Niro dans tel épisode du *Parrain*, pour me signaler que Britney faisait des courses dans Robertson. Peut-être chez Lisa Kline, où trois ans plus tôt, d'après le magazine *In Touch* daté du 5 novembre 2007, elle aurait en un rien de temps acheté pour quelque 23 000 dollars de fringues. Ou chez A/X Armani Exchange, que dans ses réponses à un questionnaire récent elle désigne, à côté de Bebe, Rampage, Fred Segal ou Abercrombie & Fitch, comme une de ses marques préférées. Ou encore chez Ralph Lauren, chez Dolce & Gabbana, chez Chanel, dont les enseignes se succèdent le long de Robertson, avec une particulière abondance dans la partie haute de celle-ci. À l'heure où Fuck m'appelle, quant à moi, je me trouve au Holloway Motel, chambre 223, en train d'achever la lecture du *Los Angeles Times* à laquelle je procède minutieusement, chaque matin, après avoir séparé le cœur du journal de ses différents suppléments.

Cette opération, normalement, survient immédiatement après le brossage des dents, lui-même consécutif à l'absorption de mon petit déjeuner au IHOP. J'aimerais vous parler du IHOP, de la serveuse mexicaine à laquelle j'ai le plus souvent affaire, et dont on ne peut soupçonner, en ce qui la concerne, qu'elle n'exerce ce métier qu'entre deux séances de casting. Mais ce sera pour une autre fois. Au téléphone, Fuck souligne que Britney en a vraisemblablement pour un bon moment à faire ses courses. « Ce qui vous laisse le temps, poursuit-il, d'arriver sur les lieux en bus, ou même à pied, puisque vous ne vous déplacez pas autrement. » Il est avéré, en effet, que je ne sais pas conduire : c'est même une des circonstances, parmi bien d'autres, qui m'ont amené à douter des véritables intentions des services, que pour s'acquitter d'une telle mission, déjà passablement obscure dans ses objectifs, et vague quant aux moyens de les atteindre, ils aient choisi d'envoyer à Los Angeles un agent notoirement ignorant de la conduite.

The Abbey, à l'angle de Robertson et de Santa Monica, est un restaurant gay (et lesbien, dans une moindre mesure), comme l'atteste crûment la banderole tendue au-dessus du bar, et représentant un type à demi nu couché sur le comptoir. C'est aussi, dans ce quartier, l'une des haltes préférées de Britney Spears. Les touristes, ceux que l'on promène à travers Hollywood et Beverly Hills dans des minibus à toit ouvrant, comme au Kenya pour voir des lions, croient que dans

17

Robertson c'est à la terrasse de The Ivy qu'ils ont le plus de chance d'apercevoir des stars, mais c'est de moins en moins vrai.]Autant que je puisse en juger, The Ivy est devenu, ou tend à devenir, un restaurant de vieux et de marchands de chaussettes. À tout prendre, la terrasse du Newsroom, située juste en face, serait plutôt plus fructueuse. Quant à The Abbey — où je me voyais mal, personnellement, passer des heures à planquer, s'il prenait à mes chefs la fantaisie d'exiger de moi une telle chose, parmi les statues de chérubins en plâtre et sous les quolibets des serveurs —, il s'agit d'un établissement effectivement fréquenté par des stars, en particulier celles, comme Britney, et comme la plupart, qui cultivent leur popularité auprès du public homo. Le 10 mai, en fin de matinée, lorsque après avoir emprunté le 704 et quitté celui-ci à l'intersection de Santa Monica et de San Vicente je me suis engagé dans Robertson, une petite foule se pressait devant l'entrée de The Abbey, au sein de laquelle les sujets les plus frêles se trémoussaient, ou se haussaient sur la pointe des pieds, pour essayer d'apercevoir quelque chose du spectacle que leur dérobaient les plus robustes. Parfois, soudainement, ce grouillement était agité de mouvements confus, comme des courants de convexion, qui redistribuaient dans un ordre différent les individus le composant, puis ça se tassait. J'ai reconnu dans la foule certains des paparazzis que j'avais déjà rencontrés dans des circonstances comparables, des

Brésiliens pour la plupart, mais aussi des Américains, ou des Français, ceux-ci étant nombreux dans le métier. Aucun ne m'a salué, car ils affectent volontiers, sur le motif, cette arrogance caractéristique des professionnels exerçant leur activité dans la rue, au contact du public, et qui s'observe aussi chez les flics ou les techniciens de cinéma. Le premier auquel j'ai demandé ce qu'ils attendaient a négligé de me répondre. Le seul qui était disposé à satisfaire la curiosité du public, et même allait au-devant, collant sous le nez des passants l'écran de son appareil et sautant quant à lui d'un pied sur l'autre, répétant inlassablement « no underwear ! no underwear ! », en proie à un ravissement que rien n'aurait pu altérer, pas même l'annonce du décès soudain de sa mère, c'était le type, un petit gros, qui avait eu la chance, lorsque la chanteuse était descendue de sa voiture avant de s'engouffrer dans le restaurant, de faire d'elle, à la volée, la seule photo susceptible d'être achetée aussitôt par quantité de magazines, parce qu'elle prouvait incontestablement que ce jour-là, comme beaucoup d'autres, Britney, par distraction ou par vice, ou seulement pour faire parler d'elle, dans une période où, se tenant à carreau, elle ne défrayait plus la chronique, Britney était sortie de chez elle sans culotte. « No underwear ! » Et il sautait partout, comme hors de lui, avec l'expression d'un enfant qui vient de surprendre ses parents en train de copuler, recherchant l'approbation des passants qui tour à tour, invités à se pencher sur l'appareil, certains devant chausser leurs lunettes pour voir d'aussi près, s'efforçaient dans le peu de temps dont ils disposaient de distinguer entre les jambes de Britney, écartées dans le mouvement qu'elle devait faire pour franchir l'important dénivelé entre le trottoir et le plancher de sa voiture, la preuve manifeste — et cependant quasi subliminale — de cette absence de culotte. Une demi-heure passa, pendant laquelle quelques badauds renoncèrent, aussitôt remplacés par d'autres qui s'agglutinaient de confiance, dans l'ignorance complète de ce qu'il y avait à regarder, pressentant toutefois que ce devait être pour une grosse pièce qu'autant de monde s'était rassemblé sur le trottoir. Dans les moments de flottement, de relâchement de l'attention, certains paparazzis abandonnaient brièvement leur poste pour aller vaquer à différentes occupations, comme, pour l'un d'entre eux, qui ne se séparait jamais de son chien, un bulldog anglais, de faire pisser celui-ci, et pour d'autres, les plus nombreux, de vérifier que leurs voitures, garées sur des emplacements illicites, n'avaient pas été enlevées par la fourrière. Enfin lorsque Britney, accompagnée d'un garde du corps, Ryan, qui passait pour être son préféré, est sortie du restaurant — si précipitamment qu'elle en négligea de régler sa note, comme on devait l'apprendre par la suite, en même temps que l'heureuse nouvelle du règlement de cette petite dette par téléphone et par carte de crédit —, une sorte de mêlée de rugby s'est formée autour d'elle pour la raccompagner jusqu'à sa voiture, avancée entre-temps (mais à la dernière minute, afin de ne pas donner l'alerte) par son chauffeur, mêlée qui exerçait une pression telle qu'à un moment donné elle trébucha et faillit perdre l'équilibre, arrachant à son garde du corps (Ryan) cette exclamation irréfléchie et troublante : « Don't worry, baby ! », aussitôt relevée par les paparazzis les plus proches et appelée à susciter dans les heures suivantes des commentaires d'autant plus fournis, de la part des agences spécialisées, qu'auparavant, d'après les témoignages du personnel de The Abbey, elle avait insisté pour déjeuner avec ce garde du corps en tête à tête dans un cabinet soustrait aux regards de la clientèle par des tentures, et elle avait à cette occasion beaucoup ri, et mangé de bon appétit — le détail du menu était rapporté scrupuleusement par les agences —, et tout cela, faut-il le rappeler, sans culotte.

3

J'étais arrivé à Los Angeles dans la soirée du 1er avril. À la réflexion, je me demande dans quelle mesure le colonel Otchakov n'avait pas choisi cette date à dessein, afin de suggérer que lui-même, ou quelqu'un de plus haut placé, envisageait la mission qui m'avait été confiée comme un gag. (Des collègues m'ont d'ailleurs affirmé qu'elle figurait dans le planning, après mon départ, sous le nom de code « Poisson d'avril », ce qui, à proprement parler, ne prouve rien.) Peut-être même, s'exagérant de beaucoup ma perspicacité, n'avait-il arrêté la date du 1er avril que pour me mettre la puce à l'oreille, et m'épargner tout ou partie des déboires que je devais rencontrer par la suite. La veille de mon départ, j'avais revu *Mulholland Drive*, en DVD, et j'en avais retiré le même plaisir que la première fois, au cinéma : non pas tant, me disais-je, malgré la complexité de l'intrigue, ou son obscurité, qu'à cause d'elle. Puis j'avais confié mon chat à une voisine — il m'arrivait parfois, de plus en plus rarement, de coucher avec elle —, en lui promettant que je serais bientôt de retour, présumant qu'au bout de quelques mois, quand la supercherie deviendrait évidente, elle se serait déjà trop attachée à l'animal pour s'en défaire, au moins d'une manière préjudiciable aux intérêts de celui-ci. Et maintenant, au sortir de l'aéroport et à la nuit tombée, le taxi roulait interminablement le long d'une avenue insuffisamment éclairée, bordée principalement, me semblait-il, entre de hauts et grêles palmiers irrégulièrement espacés, de magasins et d'autres commodités — cliniques vétérinaires, garderies — voués à la santé, à l'éducation ou au confort des animaux de compagnie (comme si la ville, ou ce quartier voisin de l'aéroport, était peuplée surtout de ces derniers). Le motel The End, que j'avais choisi sur Internet en raison de sa situation, à proximité relative de divers lieux que Britney Spears était supposée fréquenter, mais aussi parce qu'il se prévalait d'avoir abrité autrefois Jim Morrison, le motel The End donnait sur La Cienega juste au-dessus de son intersection avec Santa Monica. À ce niveau, la première de ces deux artères, orientée nord-sud, approche de son terme, elle va bientôt finir en se jetant dans Sunset, mais auparavant, dans un suprême effort, elle doit franchir un dénivelé qui imprime à ses 150 ou 200 derniers mètres le profil d'un tremplin de saut à ski. Lorsque je me suis présenté à la réception, un peu avant minuit, une fille portant des cuissardes, apparemment seule,

24

était en train de négocier avec la patronne la location d'une chambre pour une heure, et l'originalité de cette démarche m'a plongé dans une certaine perplexité. Quant à moi, sans l'avoir demandé, je me suis retrouvé dans la chambre où l'on disait qu'avait séjourné Morrison, dans laquelle un portrait de celui-ci était disposé au-dessus du lit, dans une position telle que sitôt passé la porte, son regard vous accrochait pour ne plus vous lâcher. C'était une compagnie assez embarrassante, comme on peut le penser. D'autant plus que d'innombrables dévots, depuis que la légende relative au séjour de l'artiste avait pris son essor, s'étaient succédé dans cette chambre, couvrant les murs de graffitis dont la prolifération atteignait désormais des proportions alarmantes : surtout au milieu de la nuit, dans un demi-sommeil, on pouvait retirer de ce décor arachnéen et morbide l'impression, parfois longue à se dissiper, d'être l'hôte d'une prison ou d'un établissement psychiatrique. D'ailleurs les pensionnaires de The End, ou certains d'entre eux, comme je devais m'en faire la réflexion par la suite, les travestis en particulier, qui s'y rencontraient en grand nombre, semblaient eux-mêmes flotter entre ces deux mondes, l'asilaire et le carcéral, avec des chances égales d'être finalement happés par l'un ou l'autre. Le 2 avril, qui se trouvait être le vendredi saint, je me suis levé avant l'aube. J'en ai profité pour effectuer une reconnaissance des parkings, nombreux et vastes de part et d'autre de Sunset

Boulevard, notamment aux abords des centres commerciaux, dont j'ai pu constater qu'ils étaient à cette heure-là, dans ce quartier, les lieux les plus propices à la flânerie. Dans la mesure où, sur les deux rives du boulevard, ils doivent composer avec une pente accentuée, ils sont quelquefois disposés sur plusieurs niveaux, réunis par des plantations aussi luxuriantes que dans un parc. De ce point de vue, le plus attrayant est peut-être le parking sud du centre commercial Sunset Plaza, qui dans sa partie basse surplombe la chaussée de Holloway Drive du haut d'un talus broussailleux, aux allures, pour le coup, de terrain vague. À la pointe du jour, les oiseaux étaient nombreux à s'y égosiller, et le silence (relatif, car dans une ville à ce point dédiée à l'automobile, et disposant par surcroît de si pléthoriques effectifs de flics et de pompiers, les uns et les autres toujours en mouvement, il serait vain, à n'importe quelle heure du jour ou de la nuit, d'espérer un silence complet), le silence qui régnait momentanément sur ce parking était assez profond pour permettre à un auditeur attentif, et qualifié, de reconnaître dans le gazouillement général le chant de telle ou telle espèce en particulier. Ainsi de l'oiseau-moqueur, car il est vraisemblable qu'il y en avait. De retour au motel, après avoir regardé depuis l'intersection de Sunset et de La Cienega le jour se lever sur les tours vitrées de Downtown — à l'arrière-plan se voyaient les cimes enneigées d'une chaîne de montagnes que j'identifiai indûment comme la Sierra Nevada —, j'ai visité l'un après l'autre les sites spécialisés, innombrables, que l'on m'avait recommandés, et dont le mieux informé était apparemment celui de l'agence X17. De cette navigation, aux premières heures de la matinée du 2 avril, il ressortait que la veille Britney Spears avait acheté une petite robe chez Bebe, une boutique située dans le bas de Rodeo Drive, sur le côté droit de celle-ci quand on vient de Wilshire Boulevard. Elle était entrée dans la boutique vers 11 heures, vêtue selon son habitude comme un sac (t-shirt de couleur, jean déchiré, chaussures de sport), et l'avait quittée environ une heure plus tard habillée d'une robe blanche très courte, ultra-moulante, qui avait le défaut d'accentuer ce que l'on pourrait définir comme une légère surcharge pondérale assez également répartie, chaussée d'escarpins blancs, le regard masqué par des lunettes noires surdimensionnées (« oversized ») dont le commentaire de l'agence X17 soulignait qu'elles constituaient désormais un « accessoire tendance ». Cette séance de shopping, était-il précisé, intervenait entre « deux sessions en studio », où Britney enregistrait actuellement son septième album. Tant la séance de shopping que les sessions en studio prouvaient combien l'état de la chanteuse s'était amélioré, depuis l'époque, deux ans auparavant, où elle se livrait chaque jour, et plus encore chaque nuit, à des extravagances qui lui avaient valu de perdre momentanément la garde de ses deux enfants et d'être placée durablement sous la tutelle de son père, outre qu'elles avaient pu inspirer de sérieux doutes sur sa santé mentale, et sur ses chances de conserver la place éminente qu'elle occupait depuis plusieurs années dans l'industrie de la chanson et du divertissement. En revanche, elles avaient assuré la fortune de quantité de médias spécialisés, et plus particulièrement de l'agence X17 : laquelle, au plus fort de la longue crise existentielle traversée par la chanteuse, avait déployé, pour la suivre vingt-quatre heures sur vingt-quatre dans chacun de ses imprévisibles mouvements, jusqu'à vingt employés permanents secondés par presque autant de supplétifs.

Shotemur s'inquiétant de savoir si je ne m'intéressais alors qu'à l'actualité de Britney Spears, il me paraît nécessaire de préciser que non, et que mon attention, en cette journée du 2 avril, avait été retenue, autant que par l'épisode des courses chez Bebe, par au moins deux informations auxquelles le *Los Angeles Times* consacrait ce matin-là de longs développements.

La première se rapportait à l'assassinat d'un chiot, et la seconde à l'arrestation d'une ressortissante américaine convertie à l'islam et impliquée dans une tentative de meurtre visant un artiste suédois. En ce qui concerne le chiot, dont la fin tragique, et ses suites, faisaient l'objet d'un article placé à la une du cahier « Late Extra » du *Los Angeles Times*, il s'agissait d'un *Shepherd Mix* (berger mélangé ?) âgé de six mois, du nom de Karley, qu'un pompier noir — aux États-Unis, on ne se gêne pas pour préciser l'appartenance ethnique des personnes impliquées dans des faits divers — avait sauvagement assassiné en le frappant douze fois à la tête avec une pierre de six kilos, lui causant des blessures mortelles que l'article détaillait ainsi : mâchoires désarticulées, crâne brisé en trois endroits, canal auriculaire écrasé, œil arraché. La défense — assez faible, il faut en convenir — de Glynn Johnson, le pompier noir, âgé de cinquante-cinq ans et habitant le quartier de Riverdale, consistait à prétendre que le chien l'avait attaqué, ce qui ne semblait pas pouvoir justifier la violence des coups portés pour s'en protéger, surtout compte tenu de l'âge du chien, le malheureux Karley, qui par surcroît était une chienne. Pour ce crime — l'hypothèse de la légitime défense ayant donc été écartée —, Glynn Johnson avait été condamné à 90 jours de prison à effectuer pendant ses congés de fin de semaine, à 400 heures de travaux d'intérêt général au service des chiens et à trois ans de mise à l'épreuve : cela en dépit des protestations des propriétaires de Karley, Jeff et Shelley Toole, qui, quant à eux, estimaient que le pompier aurait dû être condamné à mort. À la sortie du tribunal, des défenseurs des animaux avaient attendu Glynn Johnson pour le conspuer aux cris d'« assassin de chiot ». De son côté, le juge s'inquiétait d'avoir reçu au sujet de cette affaire plus de lettres, et de plus incendiaires, que dans le cas d'un meurtre d'enfant.

La seconde information, comme on le comprendra par la suite, entretenait avec l'objet de ma mission à Los Angeles un rapport plus étroit que la précédente. Elle concernait une « mère de famille du Colorado », Jamie Paulin-Ramirez, âgée de trente et un ans, qui avait été arrêtée la veille à Philadelphie, de retour d'un voyage en Irlande lors duquel elle avait déjà fait l'objet d'une arrestation, pour sa participation supposée à un complot visant à assassiner un artiste suédois. Celui-ci, Lars Vilks, connu cependant pour une œuvre assez sophistiquée, s'était laissé aller à publier un dessin de la tête du prophète Mahomet greffée sur un corps de chien. Quant à Jamie Paulin-Ramirez, et c'était bien en cela que son cas, à défaut de me concerner directement, s'inscrivait dans un contexte intéressant du point de vue de ma mission, il s'agissait d'une élève infirmière convertie à l'islam « en ligne », et, semble-t-il, recrutée de la même façon par un groupuscule extrémiste appartenant ou non à la nébuleuse d'Al Qaeda. Quelques mois auparavant, elle avait apparemment participé en Europe à un camp d'entraînement, à l'invitation d'une autre Américaine récemment convertie à l'islam, une certaine Colleen Renee LaRose qui se désignait elle-même, sur le net, sous le nom de « Jihad Jane ». Colleen LaRose, alors en détention dans l'attente de son procès, avait manifesté précédemment son désir de mourir en martyre pour la cause de l'islam, et toutes deux, de concert avec des militants originaires d'Afrique du Nord et d'autres parties du monde, étaient soupçonnées d'avoir planifié, non sans un certain amateurisme, l'assassinat de Lars Vilks. Dans des conditions, avait précisé l'un des interlocuteurs de Colleen LaRose dans une correspondance avec elle, susceptibles de « frapper de terreur les mécréants ».

Après cela, au fil des autres rubriques du *Los Angeles Times*, il était assez indifférent, momentanément, d'apprendre que Katy Perry, à l'occasion de la fête donnée aux Studios Paramount pour l'anniversaire de Perez Hilton, en présence notamment de RuPaul, de Chi Chi LaRue et d'« un tas de garçons chauds » (*hot-bodied*), avait chanté « Happy Birthday » juchée sur le dos d'un éléphant.

4

« Tu as vu l'éléphant ? » me demande Shotemur. Car jusqu'à maintenant, avec une naïveté
que l'on peut excuser chez un ressortissant d'un
pays aussi excentré que le Tadjikistan, il a tendance à croire qu'il suffit d'habiter Hollywood,
et de consulter Internet, pour accéder *réellement*
à toutes ces merveilles. D'ailleurs ce qui l'intéresse, en vérité, bien que tout d'abord il ne
veuille pas en convenir, c'est moins l'éléphant
que la fille qui est grimpée dessus, et dont bientôt, grâce à Internet, justement, les formes avanta-
geuses et les chansons niaises n'auront plus de
secret pour lui.

« Elle te plaît ? » je lui demande.

« Je ne sais pas… » (il bougonne).

Mais le temps qu'il passe à étudier les images
de Katy Perry dément cette feinte indécision.

« Tu sais que j'ai passé un après-midi à la suivre ? »

Pour le coup, Shotemur laisse tomber son masque d'indifférence et, se détournant de l'écran,

tend vers moi un visage anxieux. Shotemur, pourrais-je dire, est un type lubrique, mais pas notablement plus que moi, par exemple. Il est vraisemblable, en revanche, même si ce n'est pas avéré, qu'il a commis plus de crimes de guerre que la plupart d'entre nous. Pendant l'interminable conflit qui, aussitôt après la dissolution de l'URSS, a mis son pays à feu et à sang, Shotemur, qui était encore un jeune homme — il était sur le point de terminer ses études à l'Institut des langues étrangères —, a combattu du côté des forces dites « néocommunistes », contre le camp désigné comme « islamo-démocrate » bien que la première de ses deux composantes se taillât dans cette alliance la part du cheval dans le pâté d'alouette. Pour le reste, il est généralement admis que la religion, pour ne rien dire des idéaux politiques, jouait dans l'adhésion à l'un de ces deux blocs un rôle moindre que l'appartenance régionale et clanique. Et Shotemur, originaire, comme l'actuel président, de la région de Kuliab, appartenait, en toute logique, au clan des Kuliabis. Il est également admis qu'aucun des deux camps, pendant toute la durée du conflit, ne s'est distingué par son respect des droits de l'homme ou des lois de la guerre. Ce pourquoi, sans doute, Shotemur est aussi discret sur ses activités durant cette période, ne consentant à raconter, lorsqu'il est de bonne humeur, que l'épisode relatif au chien-chanteur de Nouvelle-Guinée. Car le zoo de la capitale, Douchanbé, s'enorgueillissait avant la guerre

de posséder un couple de cette espèce extrêmement rare : si rare que dans son pays d'origine,
la Papouasie-Nouvelle-Guinée, elle est aujour-
d'hui considérée comme éteinte. Des spécialistes de toute l'URSS — tel le professeur
Poïarkov, de l'université de Moscou — se rendaient alors à Douchanbé pour étudier ces deux
spécimens rarissimes, et, surtout, quand ils vou-
laient bien se donner la peine de chanter, pour
écouter leurs étonnantes vocalises, dont ceux
qui ont eu la chance de les entendre disent
qu'elles occupent une position intermédiaire
entre le sifflement et le hululement. Alors
que les combats opposant islamo-démocrates et
néocommunistes faisaient rage à Douchanbé,
Shotemur avait été chargé par les seconds de
procéder à l'exfiltration de ce couple canin
vers l'Ouzbékistan, à l'époque, parmi les pays
frontaliers du Tadjikistan, le plus facile d'accès
et le plus favorable à leur cause. Afin d'amélio-
rer ses chances de succès, Shotemur, secondé
par un gardien du zoo, avait embarqué les
chiens dans une ambulance siglée de la Croix-
Rouge, ce qui ne l'avait pas empêché, naturellement, de se faire tirer dessus, au point qu'avant
même d'être sorti de la ville pour s'engager sur
la route de Tachkent, le véhicule était criblé
d'impacts, et l'un des chiens, comme Shotemur
devait le constater sitôt qu'il eut la possibilité
de s'arrêter, gisait mort, de concert avec le gardien, dans une flaque de sang. Shotemur hésita
quelque temps sur ce qu'il devait faire : puis,

considérant que le chien survivant — il s'agissait d'un mâle, l'autre étant une femelle — était privé désormais de toute chance de perpétuer son espèce, il prit le parti humain et raisonnable de le libérer, et c'est avec un pincement de cœur, malgré tout, que, cependant qu'il se débarrassait des deux cadavres dans un terrain vague, il le vit s'éloigner d'un pas hésitant, mais en chantant, ou en chantonnant — c'est du moins ce qu'il prétend —, parmi les ruines d'une banlieue de Douchanbé sévèrement éprouvée par les combats.

« Et Katy Perry ? » insiste Shotemur, car ce n'est pas le genre de type, lorsqu'il a une idée en tête, à s'en laisser détourner. « Pourquoi l'as-tu suivie ?

— Eh bien, en fait, c'était un peu par hasard. D'ailleurs, le jour où cela s'est produit, ajouté-je, je ne savais pas qui c'était. » Ce jour-là, avec un paparazzi français, nous avions planqué devant une villa située sur les hauteurs de Los Feliz, à peu de distance de l'observatoire de Griffith Park immortalisé dans *La Fureur de vivre*. Cette villa, m'avait assuré le paparazzi, abritait l'acteur britannique Russell Brand ; et celui-ci, comme chacun devrait le savoir, était le petit ami (et le futur mari) de Katy Perry. La planque avait duré assez longtemps pour me laisser le loisir d'observer combien ce quartier de Los Feliz était silencieux — en plein jour, comme sur les parkings de West Hollywood aux petites heures de l'aube, on y entendait chanter les oiseaux — et d'en retirer cette conclusion provisoire : ce qui faisait la monotonie de Los Angeles, ou des quartiers de cette ville — la plupart — situés en terrain plat, c'était moins l'immensité de leur superficie et leur plan assez rigoureusement orthogonal, ou encore la banalité suburbaine, maintes fois soulignée, de leur architecture, que le mouvement incessant, énorme, prodigieux, de la circulation, et surtout la rumeur qui en émanait, aussi ample et régulière que celle de la mer, en particulier lorsque celle-ci, par exemple le long d'une plage, a de la place pour déferler. Et si l'on m'objecte que l'intensité de la circulation varie selon les heures de la journée, je ferai remarquer que la mer, elle aussi, sauf exception, est sujette à des phénomènes de marée. Au bout d'une heure ou deux, alors que le paparazzi français, qui comme beaucoup de ses collègues n'éprouvait pas de réel intérêt pour le métier qu'il était en train d'exercer, préférant de très loin son activité non rémunérée de graffeur, alors que le paparazzi français, son ordinateur portable déployé sur les genoux, se disposait à me montrer les derniers graffs qu'il avait peints sur des murs ou des palissades de Venice Beach, la porte du garage de la villa, commandée à distance, s'est ouverte soudainement pour livrer passage à un véhicule à quatre roues motrices, de couleur noire, que je devais identifier ultérieurement comme une Chevrolet Suburban. Le surgissement de ce véhicule, qui s'est engagé aussitôt, à vive allure, dans Wayne Avenue, en direction du sud et de Los Feliz Boulevard, a entraîné comme par enchantement le démarrage simultané et sur les chapeaux de roues non seulement de notre propre voiture, mais de cinq autres, également en planque, que nous n'avions pas toutes remarquées, et ce petit convoi automobile, où chacun jouait des coudes et s'efforçait de prendre la tête, fût-ce au risque d'envoyer un concurrent dans le décor, s'est rué à la suite de la Suburban dans la pente assez raide que décrit à cette hauteur Wayne Avenue. Puis le convoi s'est engagé sur la 5, dite « Golden State Freeway », là où la trajectoire de cette autoroute est tangente au cours canalisé de la rivière de Los Angeles, avant de bifurquer vers la 110, « Pasadena Freeway », et de l'emprunter sur une bonne pincée de kilomètres, tout au long desquels le paparazzi français, m'ayant à son bord, jouit sur ses concurrents du léger avantage de pouvoir foncer sur la voie « car pool », réservée aux véhicules transportant au moins deux personnes, et c'est toujours à la même allure, excessive, et sans que cesse un instant la lutte au couteau pour coller de plus près au cul de la Suburban, que celle-ci et les cinq voitures qui la suivent décrivent la vertigineuse spirale par laquelle la 110 se raccorde à la 105, à travers ce qui est peut-être le plus bel échangeur de Los Angeles, et l'un des plus arborescents, dont les tentacules se déploient et s'entrecroisent au-dessus des confins de quatre quartiers diversement pourris. À partir du moment où la Suburban s'engage sur la 105, il ne fait plus aucun doute qu'elle se rend à Lax, l'aéroport de Los Angeles. En approchant de celui-ci, elle esquisse quelques feintes, assez convenues, pour tenter de se débarrasser des paparazzis, ou plutôt pour porter à son comble leur excitation, marquant de brusques arrêts sur un parking, ou devant telle ou telle porte de l'aérogare, avant de redémarrer en trombe pour stopper de nouveau un peu plus loin. Puis les bagages — en volume, de quoi alimenter en vivres et en munitions une petite troupe pendant cinq à six jours de combat — sont extraits du coffre de la voiture, cependant que ses portières demeurent imperturbablement closes, les vitres fumées, d'autre part, ne laissant aucune chance de deviner ce qui se passe à l'intérieur. Les véhicules des paparazzis, hésitants, sont disposés en gerbe autour de la Suburban, prêts à redémarrer — un peu comme des lycaons, si vous voyez ce que je veux dire, au moment où le buffle commence à s'essouffler —, lorsque s'ouvrent enfin les portières de celle-ci, livrant passage à deux gardes du corps, à une assistante, qu'à tort ou à raison on imagine rongée de trac et débordante de zèle, puis à une petite personne assez bien faite, vêtue de noir, jusqu'à son chapeau et à ses lunettes de soleil surdimensionnées, dans laquelle, à sa chevelure bleue et à ses pompes (Louboutin ?) de la même couleur (et aussi, soit dit en passant, à l'ampleur merveilleuse de ses nichons), il n'est que trop facile de reconnaître Katy Perry. Précédée par l'assistante — celle-ci se déplaçant sur de hauts talons avec une étonnante vélocité, et comme prête à passer à travers un mur de briques si un tel obstacle venait à se dresser devant elle —, et encadrée par ses deux gardes du corps, Katy, dont on remarque maintenant que sous sa veste noire elle porte un t-shirt blanc, et sur son poignet gauche, tatoué, le nom de Jésus, Katy se dirige à pas menus mais fermes, libre quant à elle de tout bagage à l'exclusion d'un Blackberry et d'un petit sac Chanel, vers le comptoir VIP où l'attend son boarding-pass. Car les privilèges dont jouissent les stars ne sont pas tels qu'elles puissent se dispenser, à l'embarquement, d'en présenter un. Profitant des quelques dizaines de secondes que dure ce trajet en droite ligne et à découvert, les paparazzis, déployés en arc de cercle face à leur proie, se déplacent aussi vite qu'ils peuvent, à reculons, sans cesser de mitrailler, l'un d'entre eux trébuchant au passage sur une poubelle qu'il n'a pu voir et l'entraînant dans sa chute avec tous les déchets qu'elle contient. Quant au nom de Jésus tatoué sur le poignet de Katy Perry, il témoigne d'une piété sincère dont elle donnera de nouvelles preuves, peu après, en exprimant sa réprobation lorsque Lady Gaga, dans le clip qui accompagne son single « Alejandro », apparaîtra couchée sur le dos, la bouche ouverte, en train d'avaler un rosaire. Et cependant Lady

Gaga elle-même est pieuse, peut-être moins que Katy Perry, mais suffisamment pour faire allusion à sa foi lors de son passage sur CNN dans le fameux talk-show de Larry King.

5

Tant que je continuerai d'émarger au budget
des services, même au titre d'un travail aussi vain
que celui dont je m'acquitte à Murghab, il me
sera impossible, au moins par écrit, d'entrer
dans le détail de la mission qui m'avait conduit à
Los Angeles. D'autant que cette mission, comme
je l'ai déjà suggéré, il se peut qu'elle n'ait été
qu'un leurre, imaginé par nos services soit afin
d'abuser leurs homologues américains et de
leur attirer des ennuis — le monde du renseignement est coutumier de ces petites vacheries
entre alliés —, soit, au contraire, afin de les
seconder, en faisant diversion, dans l'accomplissement d'une tâche dont nous ne saurons
jamais rien, à moins que des fuites savamment
orchestrées ne permettent à des journalistes, un
jour ou l'autre, de postuler pour le prix Pulitzer
(et de mettre en danger la vie de leurs informa-
teurs) en en révélant le fin mot. Quoi qu'il en
soit, et sans m'exposer, du moins je l'espère, à
des poursuites pour manquement à mon devoir

de réserve, je peux tout de même révéler que dans la définition que m'en avait donnée le colonel Otchakov, ma mission consistait à prévenir une tentative d'assassinat de Britney Spears, ou d'enlèvement de celle-ci, par un groupuscule islamiste : avertis de ce projet, par des voies que je continue d'ignorer, avant les services américains, les nôtres ambitionnaient de retirer de cette circonstance de grands avantages de prestige, en soustrayant *in extremis*, fût-ce au prix d'un enlèvement — mais pour la bonne cause —, la chanteuse à ses ravisseurs (ou à ses assassins), et en la faisant réapparaître, au moment où l'inquiétude du public et des autorités aurait atteint son apogée, en un point du territoire français qui vraisemblablement, afin de ne pas l'avoir trop longtemps sur les bras, et de ne pas risquer de l'abîmer en la trimballant çà et là, aurait été choisi quelque part dans les Antilles, en évitant si possible la Guadeloupe en raison du climat politique et social prévalant sur cette île. Idéalement, elle devait resurgir, à l'occasion d'une conférence de presse dont l'objet ne serait révélé qu'au tout dernier moment, dans le cadre enchanteur d'un hôtel cinq étoiles situé sur l'île de Saint-Barthélemy. (Incidemment, m'avait fait remarquer le colonel Otchakov, cette opération, si elle était couronnée de succès, permettrait aussi de promouvoir auprès du public américain le tourisme aux Antilles.) Il s'agissait bien entendu d'un travail d'équipe, dans lequel mon rôle, au moins dans un premier temps, se limitait en principe à recueillir des renseignements sur les habitudes de la chanteuse, et en particulier sur les lieux qu'elle fréquentait, mais en me tenant à distance — il fallait éviter d'attirer l'attention, tant de la presse que des services américains ou du groupuscule islamiste — et donc sans chercher à prendre contact avec elle. Je devais disposer pour cela de deux à trois mois, les sources indiquant que le groupuscule islamiste, de son côté, et quel que fût exactement son projet, assassinat ou enlèvement, ne serait opérationnel qu'au milieu de l'été. À quiconque mettrait en doute a priori la vraisemblance des menaces d'enlèvement ou d'assassinat pesant sur la chanteuse, j'objecterai qu'il n'est guère plus absurde — et plutôt plus facile — de s'en prendre à Britney Spears qu'aux tours du Word Trade Center, et que la valeur symbolique de la première, aux yeux du public américain, est à peine moindre que celle des secondes. De surcroît, du point de vue de ses instigateurs, un attentat contre Britney Spears, ou contre toute autre star hollywoodienne, présentait sur la destruction des tours l'avantage de mettre à genoux, durablement, toute l'industrie américaine du spectacle. Quant au personnel, le cas de Colleen LaRose ou de Jamie Paulin-Ramirez prouve qu'il n'est même pas nécessaire d'en importer. (Je rappellerai d'autre part que lors de son passage à Stockholm, en juillet 2009, Britney Spears avait reçu par téléphone et par mail des menaces de mort visant également ses deux fils, Sean

Preston et Jayden James, qu'elle avait prises suffisamment au sérieux pour se séparer d'eux lors
des étapes suivantes de sa tournée.) Quel que
soit le jugement que l'on porte sur son bien-
fondé, le succès de la mission, dans toute la phase
préalable à l'escamotage de Britney, reposait en
grande partie sur la qualité des informations
fournies par Fuck, sans lequel nous étions dans
ce milieu comme aveugles et sourds. Fuck —
dont le sobriquet, en dépit d'apparences trom-
peuses, était bel et bien composé des initiales
de ses noms et prénoms, dans l'ordre, puisqu'il
s'appelait réellement François-Ursule de Curson-
Karageorges, sa famille, aristocratique et française, s'étant alliée jadis à celle du porcher qui
régna quelque temps sur la Serbie —, Fuck ne
travaillait pour nous qu'en qualité de pigiste, à
peine rémunéré, ou pas du tout, motivé plutôt
par l'aura d'exotisme qui nimbe depuis toujours
les activités de renseignement. Au demeurant,
son histoire personnelle était en elle-même
beaucoup plus pittoresque que tout ce que nous
avions à lui offrir. Son dossier, tel que je l'ai
consulté avant mon départ pour Los Angeles,
fait apparaître, outre sa haute naissance, une
enfance paisible et protégée — père « grand
serviteur de l'État », mère au foyer, château
dans le Maine-et-Loire, etc. — débouchant sur
des études brillantes mais inachevées : interrompues par les troubles de Mai 1968, elles
ne reprendront pas par la suite. Car François-
Ursule — rien n'indique qu'à cette époque il

soit connu autrement que sous ce nom — s'engage alors dans des activités politiques extrémistes, comme c'était la mode, qui le conduisent bientôt à assurer la garde rapprochée d'une ambassadrice itinérante, en Europe, du mouvement noir américain des Black Panthers. Puis le garde du corps se lie plus étroitement avec l'ambassadrice, un peu comme dans le film avec Whitney Houston, sauf qu'il ne s'agit pas de Whitney Houston. Malheureusement pour Fuck. On le retrouve un peu plus tard à Oakland, en Californie, où il est blessé à la jambe lors d'une fusillade avec la police. Mais en dépit de cette preuve supplémentaire, et presque ultime — d'autres combattants du parti ayant trouvé la mort lors de cet affrontement —, de son dévouement à la cause, ses camarades du Black Panther Party le traitent avec une méfiance de plus en plus marquée : ils n'apprécient pas, apparemment, qu'une militante afro-américaine s'envoie en l'air avec un Blanc. Lorsque celle-ci est retrouvée morte, torturée avec un fer à souder puis achevée d'une balle dans la tête, Fuck, sur lequel pèsent désormais des soupçons d'intelligence avec la police, s'enfuit quelque temps au Mexique. Et ainsi de suite. Ses activités dans la seconde moitié des années soixante-dix, puis dans les années quatre-vingt, sont mal connues de nos services, outre que, personnellement, comme je l'ai déjà fait remarquer, je suis tenu au devoir de réserve. Il semble qu'il ait exercé tour à tour les métiers de docker, de chauffeur routier, d'agent maritime et de libraire, ce dernier dans le cadre prestigieux de la librairie City Lights à San Francisco. En 1992, l'année des émeutes qui se soldent à Los Angeles par la mort de quelques dizaines de personnes, il fait ses débuts dans la photographie, avec un relatif succès, puisque plusieurs journaux américains et européens publient ses images de pillages ou d'affrontements, en particulier celles, fameuses, où l'on voit un épicier coréen réfugié sur le toit de sa boutique et menaçant la foule des émeutiers avec un fusil à pompe. C'est à cette occasion que Fuck, pour la première fois de sa vie, gagne beaucoup d'argent en très peu de temps. Il ne trouve pas ça désagréable. Et comme il découvre bientôt, en prenant presque par hasard une photo de Sharon Stone en compagnie d'un maître nageur sur une plage des Caraïbes, ou quelque chose de ce genre, que les images de stars, pourvu qu'elles soient faites à leur insu, et si possible dans des situations compromettantes, sont de très loin celles qui se vendent le plus cher, il décide de s'y consacrer désormais exclusivement. Fuck, sans doute parce qu'il s'agit d'un étranger, est généralement désigné, ou dénoncé, comme l'homme qui a introduit le paparazzisme agressif à Hollywood, et cette réputation comporte une part de vérité. Toujours est-il que ses affaires prennent rapidement de l'ampleur, au point qu'il se retrouve après quelques années à la tête d'une véritable entreprise, employant une cinquantaine de salariés, à la fois haïe et courtisée par les stars qui sont à l'origine de sa prospérité. Fuck a maintenant les moyens de vivre comme l'une d'entre elles, la notoriété en moins : villa avec piscine sur les hauteurs de Beverly Hills, pour la semaine, et, pour le week-end, maison sur pilotis au-dessus de la plage de Malibu. Mais s'il possède en effet l'une et l'autre, on ne l'y voit jamais. D'ailleurs, on ne le voit jamais nulle part. La légende qui s'est développée autour de lui, dans les premières années du XXIe siècle, le représente dormant chaque nuit — quand il dort — dans un hôtel différent de Los Angeles ou de sa périphérie, avec tout de même une prédilection pour l'un des plus miteux, l'Alexandria, un établissement situé dans Downtown à l'angle de la 5e Rue et de Spring, et dont les innombrables chambres, occupées le plus souvent par des nécessiteux ou des étudiants fauchés, exhalent une odeur indélébile de chaussette et de tabac froid. Fuck se garde bien de démentir. Le seul luxe qu'il s'autorise, c'est sa voiture, une Facel Vega HK 500, modèle 1961, dont il n'existe peut-être pas d'autre exemplaire en circulation aux États-Unis, et que par un raffinement de snobisme il prend soin de ne jamais entretenir, dans cette ville où les *car wash* sont aussi nombreux, et encore mieux achalandés, que les salons de beauté pour chiens.

6

La première fois que j'ai entendu parler de Britney Spears, c'était en 2003, pendant les semaines qui précédèrent l'invasion de l'Irak par les Américains et leurs alliés. Je me trouvais alors à Ramallah, en Palestine, où j'étais l'hôte d'une famille chrétienne : les Israéliens, de nouveau, ayant imposé un couvre-feu, nous passions beaucoup de temps devant la télévision à commenter des nouvelles angoissantes en grignotant compulsivement des pistaches. Le chef de famille possédait une petite entreprise de fabrication de crucifix en bois d'olivier et de mise en bouteille d'eau du Jourdain — celle-ci supposée avoir été puisée sur les lieux mêmes du baptême du Christ —, et ses affaires, comme beaucoup d'autres, étaient en train de péricliter par suite du couvre-feu. Un jour où nous regardions, sur Al Jazeera, un agité quelconque en train de pronostiquer le succès imminent des armes de Saddam Hussein, mon hôte dut se lever, et quitter le salon, pour répondre à un appel téléphonique provenant d'un évêque allemand qui s'inquiétait du retard pris par une livraison d'eau bénite. Sa fille aînée, âgée d'une dizaine d'années, profita de sa disparition pour zapper — les prêches d'Al Jazeera l'emmerdaient autant que moi — et sélectionner une chaîne diffusant des programmes pour adolescents. Au moment où nous l'avons rejointe, la chaîne en question — il s'agissait probablement de MTV — passait un clip de Britney Spears interprétant sa célèbre reprise de « I Love Rock' n'Roll », extraite de son troisième album, en se trémoussant sur la selle d'une moto. Personnellement, je n'avais rien à objecter à ce clip, ni musicalement — même si ce n'était pas exactement le genre de choses que j'écoutais d'habitude — ni, surtout, pour le reste, mais j'étais un peu embarrassé de me retrouver seul, dans ce contexte, avec la gamine, absorbés tous les deux, avec une ferveur égale bien que procédant certainement de stimulations différentes, dans la contemplation de ces images qu'un esprit étroit aurait pu qualifier de pornographiques. Je craignais surtout que le père, de retour au salon, ne me soupçonne d'être à l'origine de ce changement de programme. Et c'est ainsi que j'avais découvert Britney Spears dans des conditions finalement très propices, cette crainte d'un retour inopiné du père me rapprochant de la tranche d'âge où se recrutait apparemment la majeure partie de son public.

Sur Google, si parmi quelque 81 millions d'entrées relatives à Britney Spears on sélectionne la notice établie par Wikipedia, on apprend qu'elle est née le 2 décembre 1981 à McComb, dans le Mississippi, et qu'elle a été élevée (*raised*) à Kentwood, en Louisiane, ce qui en fait doublement une fille du Sud, et pas de ce qu'il y a de plus chic dans le Sud. D'origine anglaise, cependant, par sa grand-mère maternelle, elle aurait de ce côté de lointaines ascendances maltaises, comme les oranges. Wikipedia ne précise pas que sa mère est institutrice, ni que son père est généralement présenté par les spécialistes de Britney comme un bon à rien, ne travaillant que par intermittence et suspect de s'adonner à la boisson. Bien décidés à tirer le meilleur parti de cette enfant qui manifeste un certain don pour le chant, et pour la gymnastique, ils la font monter sur scène pour la première fois à l'âge de cinq ans. Comme tout cela ne vous intéresse guère, finalement, je prends la liberté de brûler plusieurs étapes — club Mickey, débuts à Broadway, etc. — pour en arriver rapidement à l'année 1999, lors de laquelle Britney enregistre son premier album, *Baby One More Time*, qui en l'espace d'un an se vend à quelque dix millions d'exemplaires. C'est à cette occasion, d'autre part, qu'elle met au point ce personnage assez convenu, mais d'autant plus efficace, de petite fille lubrique et puritaine, comme en témoignent d'un côté le refus du sexe hors mariage qu'elle affiche dans ses interviews de l'époque, de l'autre le caractère hyper-sexué du clip illustrant « Baby One More Time », dont les images de lycéennes en uniforme dansant frénétiquement dans les couloirs d'une école ont dû alimenter les fantasmes de millions de malheureux — avec Britney, tout se compte en millions — qui sans cela en auraient été réduits à se procurer sur le marché parallèle du matériel les exposant aux poursuites les plus infamantes. Après *Baby One More Time*, Britney Spears enchaîne les albums, et les succès, au point d'être désignée en 2002 par le magazine *Forbes* comme « la célébrité la plus puissante au monde ». En 2004, elle lance son premier parfum, Curious, commercialisé par Elizabeth Arden, et se marie avec un danseur, Kevin Federline : leur relation, inévitablement agitée, fait l'objet d'une émission de téléréalité intitulée « Chaotic ». Il convient de noter que quelques mois avant ce mariage avec Federline — le 3 janvier 2004, très précisément —, Britney s'est livrée à ce qui pourrait apparaître, avec du recul, comme la première manifestation d'un certain désordre émotionnel, en épousant à Las Vegas, apparemment sous l'emprise de l'alcool (et peut-être d'autres stimulants), un ami d'enfance — autant dire un bouseux —, pour en divorcer 55 heures plus tard sous la pression conjuguée de sa famille et de ses agents. L'infortuné, qui s'est retrouvé pendant quelques heures légitimement uni à la célébrité la plus puissante au monde, s'en remettra en vendant le récit de cette mésaventure à un magazine spécialisé. Le désordre resurgit après la naissance du premier enfant de Britney, Sean Preston, en septembre 2005 : cinq mois plus tard, des paparazzis la photographient conduisant d'une seule main avec le bébé sur les genoux. Horreur ! Le scandale est pire que celui qu'avait orchestré le PETA (People for the Ethical Treatment of Animals), en 2001, après une apparition de la star, lors des MTV Music Awards, avec un python albinos autour du cou et en compagnie d'un tigre en cage. Et cependant, dès l'année suivante, elle met au monde un deuxième gnard, Jayden James, juste avant de s'engager dans une longue procédure de divorce avec Federline. Désormais, elle multiplie les excentricités — nuits blanches en compagnie des égéries les plus toxiques de Hollywood, telles Paris Hilton ou Lindsay Lohan, abus divers, longues et hésitantes dérives à travers Los Angeles au volant de son coupé Mercedes, accrochages, conduite sans culotte, brefs séjours dans des hôtels de luxe, et, de plus ou moins bon gré, dans plusieurs établissements psychiatriques, alimentation malsaine, prise de poids, fréquentation prolongée de deux types louches et par surcroît nominalement musulmans, Sam (Osama !) Lutfi et Adnan Ghalib —, jusqu'à ce qu'on lui retire la garde de ses enfants (qu'un magazine l'accusera de nourrir exclusivement de Doritos, de succulents crackers au fromage — *nacho cheese* — dont la teneur en sel, en graisses et en colorants constitue un véritable défi aux lois de la diététique et de la puériculture), et que sa personne et ses biens soient placés sous la tutelle de son père, le bon à rien. Deux événements, survenant à onze mois d'intervalle, illustrent le niveau de désarroi atteint à cette époque par Britney, tel qu'il s'en est fallu d'un rien pour qu'elle prenne place au panthéon des « suicidés de la société », aux côtés de Marilyn Monroe, de Kurt Cobain ou de Vincent Van Gogh. Le premier, c'est sa fuite au Mexique en compagnie d'Adnan Ghalib, le paparazzi (d'origine afghane) qu'un jour de grande détresse — détresse « à la Marilyn », soit dit en passant — elle a ramassé dans son coupé Mercedes : épisode environné de tant d'obscurité qu'il est possible de l'envisager, a posteriori, comme une tentative avortée, ou une répétition générale, de ce projet criminel que ma mission avait pour objet de faire échouer. Par rapport au précédent, le second de ces événements, plus ramassé dans l'espace et le temps, présente la particularité d'avoir accédé *via* Internet à ce qui se rapproche le plus, humainement, de l'éternité. Il suffit en effet de deux ou trois clics — taper « Britney Spears », puis « Tarzana », ou « Esther Tognozzi » — pour le revoir indéfiniment, en plusieurs versions, sous différents angles, tel que l'ont immortalisé les innombrables paparazzis qui à l'époque bourdonnaient autour de la chanteuse, jour et nuit, comme autant de mouches à merde. Cela se passe dans la soirée du vendredi 16 février 2007.

Le matin même, ou la veille, Britney est reve-
nue en catastrophe d'Antigua, dans les Antilles,
où après vingt-quatre heures d'indécision — et,
je le présume, d'agonie — elle s'est finalement
refusée à entreprendre une cure de désintoxication. En fin d'après-midi, elle se rend en voiture dans la Vallée (San Fernando Valley), elle
traîne le long de Ventura, elle s'arrête dans le
quartier sans caractère particulier de Tarzana,
elle entre d'un pas décidé dans un salon de
coiffure minable, au moins par comparaison
avec ceux qu'elle fréquente habituellement.
Et là, Seigneur ! sous les yeux horrifiés de la
patronne, Esther Tognozzi, promise bien malgré elle à une brève mais fulgurante notoriété,
elle s'empare d'une tondeuse, et... Mais tout
le monde connaît la suite, c'est même parfois
le seul élément de sa biographie que peuvent
citer des illettrés qui pour le reste ignorent à
peu près tout de Britney Spears. D'ailleurs les
vidéos sont là, sur Internet (« Britney Spears »,
« Tarzana », « Esther Tognozzi »...), prêtes à
prendre le relais, avec une précision, une intensité dramatique, une vérité documentaire auxquelles aucun texte ne saurait prétendre. Voyez
son regard — en toutes circonstances, ce qui
me touche le plus chez elle, même aujourd'hui,
à Murghab, après tant de vicissitudes, après
l'échec de ma mission, et consécutivement mon
exil dans cette lointaine province d'un empire
démembré —, voyez son regard de pauvre hère,
tandis qu'elle manie la tondeuse, traquée par

les paparazzis, et que ses cheveux tombent par paquets sur le sol, dans ce salon de coiffure minable, et si vous n'éprouvez pas au moins de la pitié, que Dieu vous pardonne ! Et après cela elle a versé d'abondantes larmes — j'allais dire « comme les Saintes Femmes au pied de la Croix », mais il ne faut tout de même pas exagérer —, et elle a encore été se faire tatouer deux petits trucs dans une boutique voisine à l'enseigne de « Body and Soul ».

7

Et le jour — le 8 avril 2010 — où je me dispose à quitter le motel The End pour emménager au Holloway, juste en face, en quoi consiste l'actualité de Britney Spears, assagie depuis qu'elle est placée sous la tutelle de son père, qu'elle a retrouvé la garde alternée de ses enfants et qu'elle s'est installée, avec Jason Trawick, dans sa nouvelle maison de la résidence sécurisée (*gated community*) The Oaks, à Calabasas ? Heureusement que le paparazzisme s'est embourgeoisé, et qu'au lieu de traquer systématiquement les célébrités, contre leur volonté, dans des situations embarrassantes — encore que celles-ci, le cas échéant, soient toujours les bienvenues, une image volée du corps sans vie de Michael Jackson étant encore de très loin ce qui se vend le mieux —, il les suit de plus en plus souvent dans l'accomplissement de gestes quotidiens éventuellement mis en scène (*set up*), tels le shopping, le jogging, la promenade du chien ou celle des enfants. Car en ce 8 avril 2010, si l'on en juge d'après les sites spécialisés, Britney n'a rien fait de plus intéressant que de se rendre en compagnie de Jason Trawick au centre commercial Commons, à Calabasas, et de s'y arrêter quelques instants chez Menchie's afin de consommer un yaourt glacé après l'avoir préparé *elle-même* — c'est important, c'est ce qui fait la nouveauté de cette formule, assurant son succès d'abord auprès des stars, puis d'un public plus large —, en choisissant parmi les quelques dizaines de parfums disponibles puis en manipulant successivement les leviers correspondant à chacun, faisant sourdre *elle-même* la crème glacée en épaisses volutes, avant de saupoudrer le mélange ainsi obtenu de différents assaisonnements également proposés en libre-service. Sur l'une des photos diffusées par l'agence X17, Britney apparaît vêtue d'un jean déchiré et d'une chemise rose, tenant dans sa main gauche un récipient violet rempli de son mélange personnalisé, et dans la droite une cuiller en plastique qu'elle vient de retirer de sa bouche, celle-ci, entrouverte, laissant apercevoir sa langue encore nappée de crème glacée. Elle est un peu bouffie, son abondante chevelure blonde, aux racines plus sombres, est rejetée en arrière, le mouvement de sa bouche révèle un léger double menton, mais sous le trait noir des cils lourdement souligné de mascara, son regard écarquillé, avec beaucoup de blanc, conserve quelque chose d'indéfectiblement frais et enfantin. Pour les commentateurs spécialisés, ces images, au-delà de leur valeur documentaire immédiate, témoignent de ce que le couple Britney/Jason se porte apparemment moins mal qu'ils ne l'ont eux-mêmes hasardé, ce qui permet de relancer l'intérêt du public pour cette rupture annoncée et continuellement différée.

De mon côté, alors que vers midi je me tiens avec mes bagages sur le parking du motel The End, face à l'espèce de loge de concierge, où mitonnent à longueur de journée d'odorants fricots, qui fait office de réception, et au fond de laquelle je viens d'apercevoir, reproduite sur une affichette, cette citation peu engageante de Jim Morrison : « No one here gets out alive » (littéralement : « Personne ici ne sort vivant »), j'entends la patronne enjoindre de se lever, avec des cris perçants, le locataire d'une chambre située au rez-de-chaussée : un vieux travesti que la nuit précédente j'ai croisé courant comme un dératé dans Holloway, hurlant, à demi nu, fuyant sans doute une vision hideuse — celle, peut-être, de sa fin imminente — engendrée par son propre cerveau. Et quelques instants plus tard, le type s'étant levé entre-temps, en maugréant, on le retrouve allongé de tout son long en travers du seuil de sa chambre, raide comme un piquet, ses pieds nus dépassant à l'extérieur et le bas de son corps vêtu d'un pantalon bouffant, fait d'une matière vaporeuse (de la mousseline ?), comme on en voit aux femmes de harem sur les tableaux de peintres orientalistes. Il ne donne aucun signe de vie. La patronne, quant à elle, après avoir redoublé de cris, semble paralysée par la crainte d'être mêlée à une sale affaire, dans laquelle, si possible, elle serait soulagée de m'impliquer. Sur les touches de son portable, elle compose en toute hâte le numéro de la police — le 911 — et presque aussitôt, car West Hollywood est de ce point de vue un quartier privilégié, le parking du motel est envahi par les flics — les premiers à moto, puis d'autres en automobile —, les pompiers, les secouristes, qui dans une atmosphère détendue et joyeuse, tant il leur paraît superflu de se composer pour si peu des mines de circonstance, vaquent à leurs occupations respectives. Pour les flics — aussi beaux, aussi lustrés, avec leurs bottes étincelantes, leur taille bien prise et leur crâne blanc ou noir passé au papier de verre, que ceux qu'une autre fois je verrai défiler en tête de la Gay Pride parmi les délégations de différents corps de métier —, cela consiste surtout à baguenauder, après avoir pour la forme interrogé distraitement quelques témoins, pour les autres, pompiers ou secouristes, à placer le corps raidi du vieux sur un chariot sans même l'appareiller — c'est donc qu'il est bien mort ? — puis à le recouvrir d'un drap de son propre lit mais en laissant le haut du visage découvert, comme si, tout compte fait, il se pouvait qu'il fût encore vivant.

8

Au Holloway, ma chambre donnait sur Santa Monica Boulevard à hauteur de son intersection avec La Cienega. Jour et nuit, surtout s'il faisait chaud et si je laissais ma fenêtre ouverte, j'entendais les voitures ralentir et stopper, puis redémarrer, à hauteur de l'un ou l'autre des quatre sémaphores qui régulent le trafic au niveau de cette intersection. De chacun de ces véhicules, ou de la plupart, il émanait des bribes de musiques ou de bavardages radiophoniques dans toutes sortes de langues, comme une illustration sonore de cette diversité babélienne qui caractérise Los Angeles. À intervalles irréguliers — qui pouvaient être fort longs, comme je l'éprouvais tous les jours en qualité d'usager —, je repérais au souffle qu'ils exhalaient, tels des cétacés, l'approche des bus n° 4 ou 704, dont un arrêt, protégé par une aubette, se trouvait juste sous ma fenêtre. Le premier relie Ocean Avenue, sur le front de mer de Santa Monica, à Downtown, où son terminus est situé près de

l'intersection de Hill Street et de Venice Boulevard. C'est un bus « local », desservant sur son
itinéraire toutes les stations, et reconnaissable à
sa couleur orange, tandis que le 704 est un bus
« rapide », ne desservant qu'un nombre limité
de stations et reconnaissable à sa couleur rouge.
D'ouest en est, ils empruntent tous les deux le
même itinéraire jusqu'à l'intersection de Sunset
et de Grand Avenue, au niveau de laquelle le 4
pique vers le sud, sur Grand, tandis que le 704,
conservant le même cap, poursuit vers l'est sur
Chavez, jusqu'à la gare centrale, Union Station,
qu'il atteint après avoir franchi souterraine-
ment l'écheveau de ses voies. Vers l'ouest, tant
le 4 que le 704 vous mènent jusqu'au rivage du
Pacifique, et cette circonstance m'avait inspiré
pour l'un et l'autre une égale sympathie, et un
égal respect, jusqu'à ce que j'observe que le 4,
outre qu'il passait plus souvent, fonctionnait
vingt-quatre heures sur vingt-quatre, si bien
qu'en tendant l'oreille je pouvais de mon lit
l'entendre toute la nuit, dans le silence relatif
qui prévalait à partir du milieu de celle-ci et
jusqu'à l'aube, se signalant de loin par ces bruits
pneumatiques évoquant le souffle d'une baleine.
J'ai toujours eu un faible pour tout ce qui assure
un service continu, tout ce qui préserve au cœur
de la nuit une forme quelconque de vie, qu'il
s'agisse d'un bar ou d'une chapelle consacrée
à l'adoration perpétuelle du Saint-Sacrement,
même si j'ai fréquenté les premiers, il faut en
convenir, plus assidûment que les secondes.

D'autre part, tels étaient les aléas de ma mission à Los Angeles qu'à tout moment, me semblait-il, je pouvais être amené à fuir, et, de ce point de vue, un bus fonctionnant vingt-quatre heures sur vingt-quatre, même à de longs intervalles, offrait des garanties de discrétion, sinon de ponctualité, bien supérieures à celles d'un taxi. (Et selon que le premier 4 à se présenter serait « Westbound » ou « Eastbound », me disais-je, je prendrais la fuite soit vers l'océan, soit vers Downtown, l'une et l'autre de ces destinations présentant à peu près le même dosage d'avantages et d'inconvénients : d'un côté comme de l'autre, je ne rencontrerais à l'extrémité de la ligne, au milieu de la nuit, que des sans-logis et probablement des flics, l'environnement de Santa Monica, là où le bus me déposerait, offrant plus d'opportunités de me soustraire à la curiosité des seconds, sinon à la malveillance possible des premiers.)

Le jour de ma première entrevue avec Fuck — il m'avait donné rendez-vous à l'heure du dîner dans un restaurant de Malibu, peut-être pour m'impressionner, ou pour tester mes réactions dans un tel contexte, car on verra par la suite qu'il préférait de beaucoup, en général, des lieux moins exposés —, c'est le 704 que j'ai emprunté, en fin d'après-midi, pour me rendre tout d'abord à Santa Monica, aucun bus ne reliant directement West Hollywood à Malibu. J'avais mis de côté pour le lire pendant le trajet, qui promettait d'être long, un article paru le même jour dans le *Los Angeles Times*, relatif à une affaire criminelle sortant de l'ordinaire et ayant pour décor Calabasas, le bled où habitait désormais Britney Spears. À ma connaissance, il n'y a pas de pauvres à Calabasas : et cette règle vaut également pour les maisons de retraite, comme l'illustrait celle qui se trouvait au centre de ce drame, Silverado Senior Living, dont les tarifs atteignent 70 000 dollars par an. À ce prix-là, on aurait compris que leurs descendants soient prêts à tout pour se débarrasser au plus vite des vieux, et c'était bien ainsi que l'avait entendu Cesar Ulloa, l'employé de la maison de retraite, lui-même âgé de vingt et un ans, qui venait d'être condamné pour en avoir torturé à mort un certain nombre. Le journal ne précisait pas combien, pas plus qu'il ne disait pour quelle raison Cesar Ulloa les avait torturés à mort. Peut-être était-ce simplement pour le plaisir. La direction de l'établissement semblait ne pas comprendre en quoi cet accident, certes fâcheux, pouvait mettre en cause son fonctionnement. Quelques semaines plus tôt, Cesar Ulloa avait été distingué par cette même direction comme l'« employé du mois ». Une des particularités du bus 704, comme des autres rapides, c'est de disposer d'un circuit de télévision, propre à la compagnie Metro qui exploite les transports en commun de Los Angeles, sur lequel, à côté de la musique ou des informations, sont programmés des jeux permettant aux usagers de tester le niveau de leur culture générale.

« Sur quel pays a régné Hailé Sélassié ? » interrogeait l'écran, cependant que nous roulions vers Santa Monica. « Par quels mots Winston Churchill, à l'époque de la guerre froide, désignait-il la frontière séparant les deux parties de l'Europe ? » Ou encore : « De quelle Spice Girl Brooklyn Beckham est-il le fils ? »

Je retirais une certaine satisfaction d'avoir trouvé sans hésitation la bonne réponse à ces trois questions, lorsqu'il en survint une quatrième qui me mit dans l'embarras : « Quelle partie du corps de son adversaire Mike Tyson a-t-il arrachée avec les dents lors d'un combat ? » À vrai dire je n'en savais rien, ne m'étant jamais intéressé à la boxe, même si je me doutais qu'à défaut des couilles il ne pouvait s'agir que d'une oreille. À l'heure où le 704 m'a déposé sur Ocean Avenue, le soleil était en train de disparaître derrière les montagnes de Santa Monica. Au niveau de l'arrêt du bus, Ocean est séparée de la plage par un jardin public où des sans-logis, sous les fameux palmiers, prenaient leur quartier pour la nuit, et, en contrebas de ce jardin, par la PCH, Pacific Coast Highway, qui à cette heure-là débitait un flot ininterrompu de voitures : deux longues traînées de feux blancs dans un sens, rouges dans l'autre, d'où émanait une rumeur aussi ample et régulière que celle de la mer. Un peu plus loin, la PCH disparaît dans un tunnel, et un pont permet aux véhicules et aux piétons de rejoindre la jetée aménagée en parc d'attractions. Vue du pont, dans la brume qui se levait à la tombée de la nuit, la plage qui marque la limite occidentale de Los Angeles s'étendait vers le sud sur plusieurs dizaines de kilomètres, presque en droite ligne, ourlée d'une frange écumeuse, jusqu'à la péninsule de Palos Verdes dont se devinait à l'horizon la masse sombre. Tout cela d'une raideur et d'une monotonie, me disais-je, peu compatibles avec l'idée que l'on se fait habituellement d'un rivage. Sur la jetée, les attractions, à commencer par cette grande roue qui se voit de très loin, surtout la nuit, tournant au ralenti et généreusement éclairée, les attractions drainaient encore, en début de soirée, une foule nombreuse — on était une veille de week-end —, majoritairement hispanique, au sein de laquelle, à en juger par la proportion d'enfants obèses, les pauvres étaient bien représentés. D'ailleurs il est peu probable que la population de Beverly Hills, par exemple, ou la clientèle du Chateau Marmont, se sente particulièrement attirée par les montagnes russes, les autos tamponneuses, les balançoires géantes ou le saut à l'élastique, au moins dans ce contexte, pour ne rien dire des différentes sortes de nourritures graisseuses débitées en plein vent ou sous abri. (Il est vrai que Britney, dont les goûts en matière de restauration ou de loisirs sont d'ailleurs assez populaires, s'y était rendue récemment, avec ses enfants, mais non sans avoir obtenu que la jetée soit fermée au public pendant la durée de sa visite.) Plus on s'avançait vers le large et plus les attractions proposées devenaient légères et modestes, telles que le montreur d'aras, le nègre jouant de la trompette ou l'inévitable Chinois proposant de graver votre nom sur un grain de riz. Tout au bout, passé le restaurant mexicain qui avait remplacé celui où Charlie Chaplin avait autrefois ses habitudes — entre-temps la jetée avait été menacée de destruction complète, gravement endommagée par une tempête et rafistolée à maintes reprises —, face à l'étendue obscure de la mer il n'y avait plus que quelques pêcheurs à la ligne, et au-dessus d'eux un vieux hippie, équipé d'une guitare et d'une sono portative, qui au moment où je passai à sa hauteur était en train d'interpréter, plutôt bien, « Riders on the Storm », la célèbre chanson des Doors. En dépit de la demi-heure passée sur Ocean, à mon retour de la jetée, pour attendre le 534, je suis arrivé au Moonshadows avec un peu d'avance. Le Moonshadows est un établissement où Mel Gibson a la réputation de se livrer souvent à des excès de boisson, pour vous donner une idée de son standing, et Britney Spears elle-même, d'après son biographe Christopher Heard, y aurait abusé d'un cocktail à base de jus d'ananas, en 2006 (environ un an avant l'épisode du salon de coiffure), au point de devoir abandonner sa voiture sur le parking, précaution qu'elle était loin de prendre toujours en pareil cas. Quant à moi, en passant devant l'espèce de chaire dans laquelle officiait le préposé au *valet service*, et quand celui-ci me demanda mielleusement les clés de ma voiture, bien que m'ayant vu arriver à pied, et peut-être même anxieusement suivi des yeux depuis ma descente du bus 534 à l'arrêt situé non loin de là, puis lorsque j'avais traversé en courant la PCH dans la lumière blanche des phares, je me fis la réflexion que j'étais sans doute le premier client du Moonshadows, dans toute l'histoire de cet établissement, à m'y présenter de cette façon. Seul l'énoncé du nom complet de Fuck, je le crains, fit qu'on ne me jetât pas dehors. Pour peu que l'on y soit admis, le Moonshadows est un endroit agréable, il faut le reconnaître, avec sa terrasse soutenue par des pilotis entre lesquels on voit la mer se briser sur des rochers — enfin quelque chose qui ressemble à un rivage —, puis se retirer dans un bruit de succion, ballot-tant les mouettes rassemblées en grand nombre, comme elles ont l'habitude de le faire, dans le cercle de lumière que projette sur l'eau l'éclai-rage du restaurant. Tout ce bouillonnement du ressac fait aussi que l'on y respire un air iodé, sentant l'algue, mêlé de gouttelettes d'écume aussi fines que si elles avaient été vaporisées par un brumisateur. Çà et là, sous des torchères dif-fusant un éclairage discret, des couples, ou de plus vastes regroupements d'individus des deux sexes, papotaient ou se bécotaient, sur des sortes de divans à la romaine : et dans le lot, à n'en pas douter, il y avait un tas de célébrités — des « celebs », comme disent les médias spécia-lisés —, ou au moins de futures célébrités, surtout parmi les filles, dont la plupart devaient avoir déjà figuré, au minimum, dans ces publicités pour la marque de lingerie Victoria's Secret qui constituent souvent le premier degré d'une rapide ascension vers la gloire.

Quand Fuck est arrivé, j'étais ivre, ayant bu de grandes quantités de ce cocktail, à base de jus d'ananas, avec lequel Britney s'était saoulée ici même quatre ans plus tôt. Je lui ai demandé d'omettre ce détail lors de sa prochaine conversation, s'il prévoyait d'en avoir une, avec le colonel Otchakov. Quant à la teneur de l'entretien qui suivit, je ne peux la rapporter, pour des raisons de service, outre que je n'en ai conservé aucun souvenir. La seule chose qui me revienne, c'est que Fuck a insisté sur le fait qu'il y avait réellement de l'eau dans le gaz entre Jason et Britney, et que celle-ci, d'après lui, allait inévitablement renouer un jour ou l'autre avec le genre de vie qu'elle menait auparavant, et qu'elle l'aurait déjà fait, depuis longtemps, sans la crainte d'être séparée à nouveau de ses enfants. Fuck ne parlait pas beaucoup, de toute manière ; et quant aux informations, il ne les délivrait qu'au compte-gouttes, soit pour en souligner le prix, soit parce qu'il se méfiait de nous, n'adhérant que du bout des lèvres à cette hypothèse des services relative au projet d'enlèvement, ou d'assassinat, de Britney Spears. C'est à l'occasion de ce dîner que je vis pour la première fois la HK 500 — avec ses sièges en cuir fauve, son tableau de bord en loupe de noyer et sa carrosserie dégueulasse —, Fuck, qui apparemment dormait ce soir-là dans un hôtel de Downtown, ayant proposé de me raccompagner. C'était aussi la première fois que j'empruntais Sunset Boulevard depuis son confluent avec la PCH, et de nuit, et je remarquai que sur certaines parties de son cours, entre le rivage du Pacifique et Beverly Hills, le boulevard traversait à plusieurs reprises, parfois longuement, des zones où la végétation était si touffue, et si obscure, que l'on aurait pu aussi bien se trouver au fond d'un bois. Fuck m'a déposé à l'angle de Sunset et de La Cienega, en haut de cette rampe que j'ai déjà comparée à un tremplin de saut à ski. Malgré l'heure tardive, la circulation était encore assez dense pour que dans la descente, si je marchais au milieu de la chaussée, je puisse voir sur toute la profondeur de La Cienega, jusqu'au franchissement de la 18e Rue qui la fait dévier légèrement de son axe, onduler les deux rubans parallèles et scintillants des feux blancs ou rouges. À l'intersection de La Cienega et de Holloway, le Seven/Eleven et la station-service Chevron qui lui fait face étaient encore ouverts, et le resteraient toute la nuit. Entre cette intersection et l'entrée du motel, ou de son parking, sur Holloway — il y en a une autre, plus resserrée, sur Santa Monica —, je comptai exactement cinq grêles palmiers de hauteur inégale. Sur le trottoir d'en face, ou le long de celui-ci, des jeunes gens élégants et des voitures de luxe stationnaient devant l'entrée de l'hôtel Palli

House, dont le bar et le restaurant attirent en fin de semaine une clientèle chic. Afin de satisfaire ses légitimes aspirations à l'exclusivité, ou à un certain degré de celle-ci, l'entrée du restaurant, libre pendant la semaine, est durant le week-end filtrée par deux malabars qui font poireauter les nouveaux venus derrière un cordon de velours rouge : un dispositif qui évoque, en plus modeste, celui des *red carpet events*, les « événements à tapis rouge », à l'occasion des premières de films ou d'autres célébrations commerciales.

Fuck m'avait recommandé de vérifier avec soin qu'aucun dispositif d'enregistrement d'images ou de sons — il était orfèvre en la matière — n'avait été dissimulé dans ma chambre. Une première inspection ne m'avait pas permis de découvrir d'objet suspect. Mais en rentrant tard au Holloway, dans cet état de demi-ébriété qui confère parfois une sorte de lucidité paradoxale, j'avisai dans la penderie un rayonnage placé trop haut pour un examen oculaire, et qu'auparavant je n'avais pas remarqué. Dressé sur la pointe des pieds, j'y passai la main, bien à plat, comme vous l'avez vu faire à Alain Delon dans *Le Samouraï*, je sentis sous le bout de mes doigts un infime relief, et je fis glisser jusqu'au rebord de la planche un rectangle de carton plastifié, d'environ 25 centimètres sur 15, sur lequel, à côté de sa photographie, étaient consignées les mensurations d'un mannequin prénommé Tenley, une blonde aux yeux bleus inévitablement grande et mince. L'oubli de ce document dans ma chambre était-il délibéré, ou fortuit, et, dans le premier cas, recelait-il un piège ? Et, si oui, de quelle nature ? Pour le moment, je me sentais assez enclin à écarter l'hypothèse du piège, mais cela laissait intacte la question de savoir pourquoi et comment le document s'était retrouvé dans ma chambre : peut-être Tenley y avait-elle séjourné, ou, plus vraisemblablement, un photographe qui se disposait à travailler avec elle, ou encore un déviant sexuel d'une faible dangerosité qui avait subtilisé quelque part cette fiche signalétique pour en faire un usage indu. Dans le doute, je décidai de m'en débarrasser, avec d'autant moins de regrets que Tenley n'était pas mon genre.

9

Aujourd'hui, Shotemur est rentré de la chasse avec la dépouille d'un mouflon de la variété dite Marco Polo, dont les longues cornes enroulées sur elles-mêmes ont fait un gibier très recherché. Il s'agit en principe d'une espèce protégée — seuls des chasseurs ayant acquitté une taxe d'un montant prohibitif, et donc ressortissants de pays riches, ont le droit d'en tirer en nombre limité —, mais les gardes-frontière russes en ont fait un carnage à l'époque où ils étaient déployés dans la région, et leurs homologues tadjiks, depuis qu'ils ont pris la relève, conservent les mêmes habitudes. Bientôt il n'y en aura plus et la question sera réglée, comme elle l'a été pour d'autres espèces de grande taille, mammifères ou oiseaux de proie, qui abondaient autrefois dans le Pamir. Les remontrances que j'adresse à Shotemur, d'inspiration écologique, lui font hausser les épaules. Accroupi dans la cour, à l'intérieur du bâtiment du KGB, avec d'autres hommes qui ont pris part à la chasse, il est sur le point d'écorcher la dépouille, à l'aide d'un petit couteau à bout pointu, avant de lui ouvrir le ventre et de le vider de ses tripes. Puis il découpera soigneusement la tête, avec ses cornes en spirale, afin de la faire naturaliser, dans l'espoir de la vendre plus tard à un chasseur étranger malchanceux qui ne voudrait pas rentrer chez lui sans trophée. Shotemur et ses compagnons de chasse, les bras souillés de sang jusqu'au coude, pataugeant dans la puante bouillie d'herbe à demi digérée que contenait la panse du mouflon, semblent s'amuser comme des fous. Coiffé de ce haut couvre-chef un peu ridicule, à mon sens, que portent en toutes circonstances les Kirghizes, et dont on se demande comment ils font pour ne pas le perdre quand il y a du vent, le plus vieux, pointant le doigt dans ma direction, s'étouffe de rire en suggérant que les cornes soient préparées de telle façon que je puisse me les coller sur la tête. Afin de ne pas m'attirer d'autres sarcasmes, je feins de trouver la proposition amusante, et je pousse même la complaisance jusqu'à esquisser au-dessus de ma tête un geste de la main évoquant le dessin des cornes. Les rires redoublent, mais du moins ai-je repris le contrôle de cette hilarité générale. Là-dessus Shotemur, tout musulman qu'il est, ouvre une bouteille de vodka et la fait circuler à la ronde, et bientôt tout le monde est un peu saoul. Parmi les hommes qui sont réunis dans la cour, combien ont combattu, durant la guerre civile, dans le même camp que Shotemur, combien dans le camp opposé, et combien, s'il y en eut, sont-ils parvenus à se tenir à l'écart de la mêlée ? C'est une question que je me pose souvent, dans des réunions de ce genre, mais qu'il vaut probablement mieux ne pas soulever. À la fin de la soirée, quand tous les autres sont repartis chez eux avec leur part de butin, Shotemur ouvre une dernière bouteille de vodka — une petite, de dimensions presque médicinales —, et dans le silence de la cour, ensanglantée comme si nous venions d'y massacrer des prisonniers, je parviens à lui faire ânonner après moi, d'une voix pâteuse, cette prière que j'ai découverte aujourd'hui même sur un site d'adorateurs de la chanteuse : « We love you, Britney, don't give up ! » (« Nous t'aimons, Britney, ne laisse pas tomber ! ») Ceci en conclusion d'une biographie édifiante, en images, témoignant de ce que toute sa vie Britney Spears a été à la recherche de l'« amour vrai », recherche contrariée par la cupidité des hommes qui « n'en veulent qu'à son argent ». C'est dans de tels moments, quand il est ivre, peu désireux de rentrer chez lui, et qu'il s'efforce de trouver le sommeil sur un lit de camp dressé dans son bureau, c'est dans de tels moments que Shotemur est le plus désireux d'entendre le récit de mes aventures à Los Angeles.

« Il n'y a que tes histoires qui parviennent à me faire dormir », me confie-t-il, à titre d'encouragement, même si je ne suis pas sûr de devoir prendre cela comme un compliment.

10

Fuck ne s'y était pas trompé : quelques jours après notre entrevue au Moonshadows, l'agence X17 mettait en ligne une vidéo, à vrai dire peu concluante, où l'on voyait Britney, de retour de la White Party organisée à Palm Springs pour la promotion de « l'égalité gay et lesbienne », enfermée dans sa voiture sur le parking d'un restaurant non identifié de Beverly Hills et collant à Jason, semblait-il, une série de beignes. Faites de loin, dans de mauvaises conditions d'éclairage, les images étaient floues, mais elles témoignaient incontestablement de sérieuses dissensions au sein du couple. Ces dissensions, l'agence, dans son commentaire, les attribuait avec indulgence aux rôles trop nombreux que Jason devait assumer auprès de Britney, dont il était à la fois le manager et l'amant présumé — présumé, car certains spécialistes mettaient en doute la réalité de leur liaison —, outre qu'il devait aussi jouer les médiateurs entre la chanteuse et son père. L'agence suggérait d'autre part que Jason avait repoussé une offre de mariage de Britney. Était-ce que lui, du moins, n'en voulait pas à son argent, ou plutôt qu'il avait découvert un moyen moins contraignant de le siphonner ? Toutes ces questions, parmi bien d'autres, nous les avons évoquées avec le paparazzi que j'ai retrouvé pour déjeuner à la terrasse du Mauro's, le restaurant de la boutique-concept Fred Segal, sur Melrose, dont l'étoile commençait à pâlir, mais qui restait cependant un des commerces les mieux achalandés de ce périmètre, et l'un des plus giboyeux. En plus des sushis, qui conservent leur préférence — mais pour combien de temps ? car un jour ils se lasseront inévitablement du poisson cru, surtout si le déclin du thon rouge devait se confirmer —, les stars et leurs imitateurs, dans le monde entier, consomment tous à peu près les mêmes choses, au petit nombre desquelles les pâtes à l'italienne, les carpaccios et les risottos dont Mauro's s'est fait une spécialité. Personnellement, j'y mangeais le plus souvent des tagliatelles « al pesto » (si succulentes qu'après les avoir terminées je ne pouvais me retenir de saucer l'assiette creuse avec du pain, comme un chien aurait pu le faire avec sa langue, malgré les mises en garde que ma mère m'avait adressées autrefois à ce sujet, insistant sans se lasser sur le fait que de tels gestes pouvaient vous déclasser aussi sûrement que de dire « Messieurs-Dames » ou d'omettre le son « i » dans le mot « gruyère »), arrosées d'un verre, exceptionnellement deux, d'un vin californien de milieu de gamme. Serge, le paparazzi avec lequel je déjeunais ce jour-là au Mauro's, était un des plus vieux, dans ce métier, et l'un des plus désabusés — des plus cyniques ? — qu'il m'ait été donné de rencontrer. Il travaillait le plus souvent en solitaire et selon la technique du *ride along* (un vocable emprunté à la police), qui consiste à traîner, en voiture, le long des rues — telles Robertson, Rodeo, Melrose et quelques autres — fréquentées le plus volontiers par des stars, à l'occasion de ces longues séances de shopping auxquelles elles sacrifient, pour la plupart, presque quotidiennement. Il pratiquait aussi le *set up*, le coup monté, lorsque des célébrités manifestaient le désir, pour infléchir ou redresser leur image, d'être photographiées « à l'improviste » dans des activités auxquelles en vérité elles répugnaient, et qu'elles sous-traitaient de préférence à leur domesticité, mais qui étaient supposées les rapprocher du public, comme de faire pisser le chien ou de pousser un caddie de supermarché. Il venait justement de photographier dans une situation de ce genre Dita von Teese, un mannequin, et d'autre part une star du porno chic, apparemment désireuse de corriger sa réputation bien établie d'arrogance. Des années auparavant, alors que la relation de Britney Spears avec Kevin Federline commençait à se détériorer, Serge avait été sollicité pour réaliser une vidéo, qu'il insista pour me montrer sur son iPod, aussi fraîche que s'il l'avait faite le matin même, où l'on voyait le couple se caresser au bord d'une piscine, Britney vêtue d'un maillot deux pièces vert amande, avec un naturel qui écartait tout soupçon de supercherie. La vidéo avait rapporté 30 000 dollars, ce qui était cher payer pour un mensonge, et bien peu, si la scène n'avait été arrangée, pour un document de cette qualité. Il arrivait aussi que des images effectivement fortuites donnent l'impression, fausse, d'être mises en scène, telles ces photos qu'il avait faites en 2002, au tout début de leur liaison, de Kirsten Dunst et de l'acteur Jake Gyllenhaal, dans une boutique Virgin Megastore, en train de feuilleter respectivement *US* (Jake) et *People* (Kirsten), deux magazines également heureux de pouvoir se prévaloir d'un tel parrainage. Dans l'exercice de son métier, Serge se souvenait d'avoir éprouvé une déception qui semblait l'avoir marqué plus que d'autres, on se demande pourquoi, le jour où il avait eu la chance de surprendre Charlize Theron déjeunant avec sa mère à la terrasse du Café Med, sur Sunset, et de faire d'elles deux une photographie d'autant plus émouvante, soulignait-il, que c'était justement le jour de la fête des mères : et malgré cela le magazine qui avait acheté la photo l'avait recadrée de telle sorte qu'au lieu de faire ressortir l'innocence et la beauté de cette relation mère-fille, particulièrement touchante pour quiconque s'était un peu penché sur leur histoire familiale, elle accordait une place démesurée aux chaussures portées par Charlize, des Fendi, précisait-il, « à 4 500 dollars la paire ». « Il n'y a que ça qui les intéresse, insistait Serge, de savoir ce qu'elles portent et combien ça coûte ! » Et ce « les » qu'il flétrissait, comme il ne faisait aucune difficulté pour en convenir, c'étaient les femmes, ou du moins les Américaines, ou plus précisément celles qui se repaissaient de la presse people — c'est-à-dire, aussi bien, celles qui le faisaient vivre —, contre lesquelles, à la terrasse du Mauro's, sous les yeux de quelques spectateurs médusés (mais peu nombreux, car on vient aussi au Mauro's pour voir qui est là, ou être vu soi-même, et sous ce rapport la salle offre de bien meilleures conditions que la terrasse), il se lança dans une diatribe d'une violence telle, et d'une telle drôlerie, et parfois si juste, en dépit de ses outrances, que je ne pouvais me retenir, en l'écoutant, de pouffer et de glousser, comme chaque fois que l'on entend exprimer avec brio des opinions révoltantes qui éveillent en nous quelques échos, tout en m'efforçant de noter au passage certaines formules particulièrement venimeuses, avec discrétion, car je ne voulais pas risquer de l'interrompre, et encore moins lui donner l'impression que je me payais sa tête.

« Qui lit la presse people ou regarde les émissions de téléréalité ? fulminait-il, les femmes ! » « Et pourquoi ? Parce qu'elles se détestent entre elles, et qu'elles n'aiment rien tant que de voir souffrir d'autres femmes ! » « Regardez celle qui vend le mieux, aujourd'hui, c'est Rihanna. Mais c'est seulement depuis que son mec lui a foutu sur la tronche ! Avant, tout le monde s'en fichait ! Et Lindsay Lohan ? Elles sont toutes là à attendre qu'il lui arrive quelque chose, comme le week-end dernier, à Coachella, quand elle s'est complètement éclatée ! » « Les femmes adorent les problèmes, reprenait Serge, elles adorent le *drama* — il grimaçait, roulant des yeux, haussant les sourcils, se tordant la bouche, dans une imitation plus ou moins convaincante de ces adoratrices du *drama*, avant de sortir un kleenex de sa poche et de se moucher bruyamment —, elles adorent les *bad boys*, les petites frappes... Vous avez entendu parler des frères Menendez, ceux qui ont buté leurs parents à Beverly Hills ? Ils ont déjà été mariés deux fois en prison ! Il y a des femmes qui leur écrivent tous les jours ! »

Il faut rendre à Serge cette justice qu'il détestait les hommes avec presque autant d'ardeur que les femmes, les pères en particulier, « tous des ordures », celui de Lindsay Lohan non moins que celui de Britney Spears. À l'égard de cette dernière, il témoignait, comme tout le monde, d'une certaine bienveillance, même si le seul trait de sa personnalité qu'il me rapporta, lors de ce déjeuner à la terrasse du Mauro's, était assez trivial, mais non sans importance du point de vue de ma mission : car Britney, d'après lui, lorsqu'elle se déplaçait en voiture, devait s'arrêter pour pisser à des intervalles anormalement rapprochés, et il se souvenait avec attendrissement de l'usage qu'elle faisait régulièrement des toilettes du Coffee Bean, sur Sunset, en face du Café Primo, à l'époque où elle habitait la résidence The Summit, avant d'attaquer la longue et sinueuse montée de Sunset Plaza pour rejoindre Mulholland Drive.

À l'heure où je quitte le Mauro's, des paparazzis sont en train de se déployer sur le parking — la terrasse leur étant inaccessible, pour ne rien dire de la salle —, avec cette fébrilité qui précède normalement l'apparition d'une cible importante. Pour tuer le temps — ou peut-être, après tout, était-ce bien elle qu'ils attendaient —, ils se ruent soudainement, à peine a-t-elle mis le pied en dehors de sa voiture (une Cadillac Escalade de couleur noire, aux vitres teintées), sur une gamine apparemment d'âge scolaire, si jeune que sa notoriété, plutôt que du cinéma, doit provenir d'une émission de téléréalité ou d'une publicité pour Victoria's Secret, d'ailleurs ravissante, de longs cheveux châtains encadrant un visage diaphane, éclairé par un sourire qui trahit son plaisir de se voir ainsi traitée, portant en bandoulière un petit sac Chanel et vêtue a minima d'un t-shirt, d'un short minuscule et de ballerines. Si parfaite, en vérité, si merveilleusement ajustée aux exigences du marché, que l'on peut se demander s'il ne s'agit pas en fait d'une inconnue, mais si évidemment promise à la gloire que les paparazzis ont prévenu celle-ci de quelques mois ou de quelques années. Puis, lorsqu'elle a disparu à l'intérieur du restaurant, escortée d'une fille plus jeune, encore insuffisamment dotée de signes extérieurs de féminité, qui doit être sa petite sœur, et que l'on devine jalouse de la ferveur qui entoure son aînée autant que satisfaite d'en recueillir quelques miettes, et d'un garçon — celui qui était au volant de l'Escalade — au visage boudeur (un rebelle ?), vêtu d'un pantalon baggy d'où pendent des ficelles et coiffé d'un chapeau trop petit porté sur le sommet du crâne, lorsqu'elle a disparu à l'intérieur du restaurant, les paparazzis, se retrouvant désœuvrés, prennent nonchalamment quelques photographies d'un garçon noir présent sur le parking et qui n'a pour lui que d'être l'ami d'un frère Kardashian, dont les trois sœurs (Kim, Kourtney et Khloe), et lui-même dans une bien moindre mesure, font l'objet d'au moins deux émissions de téléréalité, outre que l'aînée, Kim, qui a de très gros seins — sur l'authenticité desquels une controverse récurrente agite la presse spécialisée —, s'est fait connaître, voilà déjà plusieurs années, par la divulgation, évidemment fortuite, et contre sa volonté, d'une *sex-tape* à un million de dollars illustrant ses ébats avec un chanteur de R&B d'une certaine notoriété.

Le temps s'est couvert tandis que je m'éloignais du Mauro's, à pied, tout d'abord le long de Melrose, puis par Orlando jusqu'à Santa Monica. À l'angle d'Orlando et de Romaine, le seul jardin qui me plaisait dans ce quartier, parce qu'il était mal entretenu, plein d'oiseaux, envahi de plantes sauvages et laissant déborder sur le trottoir de foisonnantes haies de rosiers et de bougainvillées, ce jardin venait de subir une remise à niveau qui l'avait dépouillé de toute sa beauté, détruisant au passage l'illusion que j'entretenais, depuis que je l'avais découvert, qu'il était le domaine d'une très vieille dame d'origine anglaise, vivant parmi ses chats, adonnée à l'écriture de romans gothiques et pleine de fantaisie. (Pis encore, me disais-je, il se pouvait que cette vieille dame eût réellement existé, et que sa mort fût à l'origine de la normalisation du jardin.)

Sur Santa Monica, je récupérai chez Hollyway Cleaners, « le pressing des stars ! » — il semblait que rien ne pût échapper à ce fléau —, une veste que j'avais donnée à nettoyer. Le ciel continuait à se couvrir. De retour au motel, j'ai ouvert mon ordinateur pour apprendre que Britney avait manifesté de nouveau le désir de jouer dans « Glee » — une série télévisée pour adolescents — le rôle d'une pom-pom girl, ou d'une fille animant une troupe de pom-pom girls. (Britney tenait d'autant plus à paraître dans « Glee » qu'un épisode récent de la série tournait autour de « Bad Romance », une chanson de Lady Gaga couronnée d'un immense succès.) Mais la nouvelle du jour, celle qui était appelée à connaître des répercussions durables, sur Internet aussi bien que dans la presse écrite ou à la télévision, c'était, à la suite d'une publication dans le *Daily Mail*, les révélations sur « le véritable corps de Britney ». L'affaire tirait son origine d'une série de photographies réalisées par un certain Cliff Watts pour Candie's, une marque de vêtements. Britney y posait devant un fond rose — un mur de barbe à papa —, vêtue d'un maillot de bain une pièce également rose (de cette nuance de rose, me semble-t-il, que l'on dit fuchsia). À côté des images officielles de cette campagne, celles que le public découvrirait bientôt sur des affiches ou d'autres supports, le site du quotidien britannique publiait les mêmes avant retouche, et la comparaison faisait apparaître des différences notables, dont le site fournissait en regard la liste détaillée. À vrai dire, que la chanteuse, mitraillée à longueur de journée par des paparazzis, eût dans la réalité un peu de ventre, des cuisses robustes et de la cellulite n'était plus un secret pour personne. La seule nouveauté, et qui plaidait plutôt en sa faveur, c'était que Britney Spears eût elle-même décidé, comme le site le précisait, de publier, ou de laisser publier, ces photographies non retouchées, afin de « mettre en lumière la pression qui s'exerçait sur les femmes pour paraître parfaites ». « Britney est fière de son corps, insistait le *Daily Mail*, y compris de ses imperfections. » (De jour en jour, me disais-je, se réduisait le nombre des handicaps ou des imperfections dont on n'avait pas lieu d'être fier, et dont je m'amusais à dresser cette liste non exhaustive, par ordre croissant de gravité : avoir des boutons, sentir de la bouche ou des pieds, se masturber régulièrement, désirer charnellement des mineurs de l'un ou l'autre sexe, nourrir des préjugés racistes ou sexistes.) Et cependant le temps continuait à se détériorer. À la nuit tombante, lorsque je suis ressorti pour acheter au Seven/Eleven deux bananes, une canette de Coca et une part de pizza, le ciel au-dessus des palmiers se colorait de teintes livides assez inquiétantes, telle la chair d'un champignon vénéneux lorsqu'elle est exposée à la lumière. Je me souvins alors d'avoir lu dans le journal — on était dans le « mois de préparation aux tremblements de terre », comme le rappelaient des oriflammes claquant de loin en loin le long de Santa Monica — une enquête sur les conditions météorologiques précédant ou accompagnant une secousse sismique, d'où il ressortait, heureusement, que celles-ci n'avaient rien de particulier, et que ceux qui prétendaient que des phénomènes orageux, par exemple, pouvaient constituer des signes précurseurs en avaient toujours été pour leurs frais. Afin de mieux voir se propager au-dessus de la ville ces nuages d'apocalypse, quand bien même ils ne recelaient aucune menace précise, je décidai de prendre de la hauteur et je remontai Alta Loma jusqu'à son intersection avec Sunset. Puis je m'engageai dans un étroit passage, à la périphérie du centre commercial Sunset Plaza, dont un écriteau signalait qu'il était interdit au public. Au bout de ce couloir, je poussai quelques portes, sur lesquelles cette interdiction était réitérée, et je me retrouvai sur une coursive, dominant d'une dizaine de mètres la chaussée d'Alta Loma, d'où la vue était exactement celle que je recherchais : dans le lointain, les gratte-ciel de Downtown, environnés d'un halo de lumière, et sur la gauche, en hauteur, la ligne de crête des collines, d'où débordaient régulièrement de nouveaux trains de nuages couleur de suie.

11

Tout d'abord, mon intérêt pour Lindsay Lohan était né d'un détail qui lui conférait une certaine légitimité, du point de vue de la mission, puisqu'il concernait les relations de l'actrice avec Britney Spears : depuis que le père de celle-ci exerçait sur elle sa tutelle, en effet, Lindsay Lohan, avec laquelle il était arrivé à Britney de s'éclater, à l'époque où elle s'éclatait, figurait à côté de Paris Hilton au premier rang des personnes qu'il lui avait interdit de fréquenter. En consultant les sites spécialisés, d'autre part, ou en regardant le journal de 19 heures sur la chaîne « E ! », je vérifiai chaque jour qu'autant Britney Spears n'apparaissait plus désormais que de loin en loin, et pour des choses le plus souvent insignifiantes — yaourts glacés, cellulite assumée, petite robe achetée chez Bebe... —, autant Lindsay Lohan continuait à défrayer la chronique pour des faits d'une certaine gravité, préjudiciables à l'ordre public autant qu'à sa propre santé. Au point qu'un de ces magazines qui la traitaient régulièrement de *train wreck* — « train déraillé », à moins que le mot anglais ne désigne plutôt le déraillement lui-même, auquel cas il conviendrait peut-être de le traduire par « catastrophe ferroviaire » — aurait pu se consacrer exclusivement, sans enregistrer de baisse de ses ventes, à la relation et au commentaire des tribulations de l'actrice. En fait, il ne se passait pas un seul jour sans que Lindsay se signalât par un esclandre — scandale public, agression de DJ, conduite en état d'ivresse, tout cela culminant, provisoirement, avec cette intrusion dans un véhicule occupé dont elle s'était emparée, en pleine nuit, avec ses passagers, devant le Bar Marmont, pour donner la chasse à une de ses anciennes assistantes jusque sur la PCH —, les médias n'hésitant pas, quand elle marquait une pause, à en fabriquer de toutes pièces (quitte à démentir par la suite, mais sans exprimer de regrets) afin de soutenir l'intérêt toujours volatile du public. Enfin, et bien que ce point ne fasse pas l'unanimité, j'avais été, quant à moi, frappé par son sex-appeal et sa beauté. (J'avais de mon côté la correspondante à Los Angeles du journal *Le Monde*, qui estimait, en privé, que sous ce rapport — celui du sex-appeal et de la beauté — il n'y avait que Liz Taylor, au même âge, qui pût lui être comparée.) Lors de notre déjeuner à la terrasse du Mauro's, Serge, le photographe misogyne et désabusé, avait fait apparaître sur son iPod plusieurs séries d'images de Lindsay Lohan, dont certaines où on la voyait assaillie par des paparazzis — comme beaucoup de stars, ou de filles qui aspiraient à le devenir, il arrivait souvent qu'elle les prévînt de ses déplacements — à l'endroit même où nous étions en train de l'évoquer. Il m'avait également signalé que j'étais son voisin, Lindsay, après s'être défaite d'une villa sur les hauteurs, qui avait été cambriolée, habitant désormais un appartement dans l'Empire West, un immeuble situé à l'angle de Holloway et d'Alta Loma, comme je le vérifiai en découvrant sur le site Hollyscoop une vidéo réalisée quelques jours auparavant et montrant le père de l'actrice, en compagnie d'un flic, diligentant une perquisition dans cet appartement, sous prétexte de soustraire à l'influence délétère de son aînée la petite sœur de Lindsay, Ali, qui habitait chez elle en ce moment. Ainsi deux facteurs imprévus — la beauté de Lindsay (son charme maléfique) et sa proximité dans l'espace — entraient désormais en ligne de compte, et menaçaient d'infléchir ma conduite dans un sens peu conforme aux exigences de la mission. D'ailleurs à peine avais-je pris connaissance de la vidéo de Hollyscoop que je me précipitai dans la rue, remontant Holloway et franchissant en toute hâte l'intersection avec La Cienega, pour m'assurer que l'immeuble qui se trouvait là, au-dessus de la station-service Chevron ouverte jour et nuit, à l'angle d'Alta Loma, était bien celui que je venais de voir, sur mon écran, tel qu'il se présentait quelques jours plus tôt, lorsque Michael Lohan, le père, celui que Serge le paparazzi avait désigné comme « une ordure », s'y était présenté, en compagnie d'un flic, pour mener une perquisition dans l'appartement de sa propre fille. (La perquisition n'avait donné aucun résultat, et Lindsay y avait réagi aussitôt en twittant une bordée d'insultes à l'intention de son père.) L'immeuble se compose de quatre blocs parallélépipédiques hauts de treize étages, plus deux de parking. La déclivité du terrain fait que ce parking n'est visible que depuis Holloway, et, de ce côté, l'Empire West est bordé sur toute sa longueur par une haie d'hibiscus arborescents aux fleurs alternativement jaunes et rouges. L'entrée de l'immeuble — dallée de marbre, et protégée de toute intrusion par un gardien installé dans une cage vitrée devant des écrans de contrôle — est située sur Alta Loma, une rue en forte pente, plantée à intervalles réguliers de cet arbre qui est à Los Angeles le mieux représenté, après le palmier, et dont l'allure générale est celle d'un brocoli de dimensions prodigieuses. Prenant prétexte de ce qu'un écureuil folâtrait sur le marbre de l'entrée, lors de ma première visite à l'Empire West, j'ai adressé la parole au gardien, et celui-ci m'a répondu courtoisement que cet animal venait souvent et qu'il s'agissait toujours du même, apparemment. Mais il m'était difficile de pousser plus loin l'entretien, par crainte de passer pour un *stalker*, un harceleur, cette engeance d'autant plus méprisée, par les stars, leurs gardes du corps et les paparazzis, qu'ils font en apparence la même chose que ces derniers, mais par vice, et non dans le louable dessein de gagner leur vie.

12

Fuck s'était engagé à me remettre les plans de la villa de Britney Spears à Calabasas. À cette occasion, et comme il le ferait désormais jusqu'à la fin, il m'avait donné rendez-vous dans un lieu malcommode et difficile à trouver, pour le néophyte que j'étais encore à Los Angeles, soit afin de m'éprouver, comme peut-être le colonel Otchakov le lui avait suggéré, soit, tout simplement, par une forme de snobisme, du même genre que celle qui l'amenait à se déplacer dans un véhicule de collection et sans prendre aucun soin de celui-ci, pour faire ressortir sa singularité et l'originalité de ses goûts. (Ou peut-être cette prédilection pour des lieux impossibles participait-elle de quelque chose de plus grave et de plus subtil, d'une sorte d'enseignement, au sujet de cette ville, que Fuck aurait eu à cœur de me délivrer — une sorte de testament esthétique ou spirituel —, comme j'en vins plus tard à le penser, après que sa disparition m'eut conduit à l'envisager sous un angle différent et plus flatteur.) Nous devions nous retrouver peu après midi dans MacArthur Park, devant les toilettes publiques aménagées en bordure d'Alvarado. L'avantage de ce lieu de rendez-vous, de mon point de vue, était sa position centrale, et sa proximité avec une station de métro que je pouvais rejoindre, à partir du Holloway, en empruntant successivement le 4 ou le 704, jusqu'à l'arrêt Vermont/Santa Monica, puis la ligne rouge du métro. Les difficultés, d'ailleurs très relatives, ne commençaient qu'au-delà. Dans un de ses fameux ouvrages sur Los Angeles, le sociologue Mike Davis décrit MacArthur Park, vers la fin des années quatre-vingt-dix du siècle dernier, comme « une zone de tir à vue ». Apparemment, les choses se sont arrangées depuis, et la probabilité d'y assister à un échange de tirs, au moins dans la journée, est désormais quasi nulle. Ce qui frappe, en revanche, comme dans la plupart des parcs ou des espaces verts de la ville basse — par opposition avec la ville des hauteurs —, c'est le nombre élevé de sans-logis qui dans le cours de leurs migrations quotidiennes transitent par ses pelouses et, consécutivement, l'état dégradé de celles-ci, jaunissantes, râpées comme une vieille moquette et constellées de déchets, tout comme le lac central sur lequel abondent les goélands, les canards et les tortues d'eau. Pour atteindre l'emplacement des toilettes, en me guidant sur les indications de Fuck, je dus emprunter un tunnel piétonnier, franchissant par en dessous Wilshire Boulevard, au milieu duquel une femme énorme s'était accroupie pour pisser à l'abri d'un caddie de supermarché. Tout cela, il faut le souligner, n'était pas non plus sans gaieté, et à côté des errants, ou des fous soliloquant, se voyaient aussi des couples d'amoureux, des petites familles, des joueurs de football et des marchands ambulants de glaces ou de cacahuètes. Le bruit de la circulation était incessant. Quant aux toilettes, regroupées en effet dans un petit bâtiment, la plupart étaient condamnées : et dans les deux ou trois qui restaient en service, il régnait un tel climat de désolation que, confronté inopinément à la nécessité d'en utiliser une, je choisis d'en laisser la porte grande ouverte, tant il me paraissait préférable, à tout prendre, d'être vu en train de chier plutôt que de risquer de m'y faire enfermer par un fou, ou, comme je ne doutais pas qu'il y en eût, par un criminel qui exigerait de moi une rançon pour me laisser sortir. Cette fois, Dieu merci, Fuck parut à l'heure exacte. Il n'avait pas l'intention de s'attarder dans ce lieu inhospitalier, qu'il n'avait choisi, me dit-il, que « dans un souci de discrétion ». L'endroit où il avait prévu que nous nous entretenions était situé non loin de là, sur Park View, et il s'agissait d'un hôtel désaffecté, le Park Plaza, qui est connu dans le monde entier, mais anonymement, pour avoir servi de décor à quantité de films ou de clips. Fuck n'en possédait pas la clef, mais il était de mèche avec le gardien, Abdul, un réfugié somalien qui menait parallèlement des études de théâtre et de cinéma, et qui prétendait s'être livré dans son enfance à la piraterie, au large de Mogadiscio, sous la conduite d'un de ses oncles et à bord du bateau de pêche de ce dernier. Il avait écrit un scénario, inspiré de cette expérience, qu'il présentait comme le pendant indigène de *Black Hawk Down*, et Fuck, quand il en avait l'occasion, lui faisait rencontrer des producteurs ou des réalisateurs susceptibles de s'y intéresser. Le décor du Park Plaza — salles immenses, parquets cirés, meubles recouverts de housses, lustres aux mille pendeloques scintillant dans une demi-obscurité — distillait cette mélancolie qui s'attache au luxe révolu, et que multipliait la présence tutélaire, au chevet de cet ancien palace, où la ségrégation la plus stricte avait dû prévaloir à l'époque de sa splendeur — il datait de 1925 —, d'un Noir entré clandestinement dans le pays, par ailleurs d'une douceur angélique, et ne faisant pas mystère de s'être adonné jadis à la piraterie. Fuck semblait se plaire beaucoup dans cette atmosphère crépusculaire et dans la compagnie d'Abdul. À défaut des plans, qu'il n'avait pu se procurer, la documentation qu'il avait rassemblée pour moi — et dont je découvris bientôt qu'elle était accessible au premier venu sur le site de Sotheby's — consistait en une dizaine de vues en couleurs, tant diurnes que nocturnes, de la villa qu'occupait Britney Spears à Calabasas. Aucune figure humaine, pas plus qu'aucun objet personnel, n'apparaissait sur ces photographies, manifestement faites alors que la villa était encore inoccupée. En revanche, on y reconnaissait Spiderman sur l'écran de la salle de cinéma aux parois lambrissées : le choix de ce personnage, et de ce film, de préférence par exemple à une œuvre d'Ingmar Bergman, étant vraisemblablement destiné à établir un lien de complicité culturelle entre l'agent immobilier et le client potentiel. Pour le reste, les formes de la piscine, les lanternes du hall d'entrée, la cheminée monumentale évoquant les châteaux de la Loire, ou quelque chose de ce genre, le mobilier de cuisine ou de salle de bains à dessus de marbre, la fontaine dans le patio ou les balcons en fer forgé des fenêtres donnant sur celui-ci, tout cela témoignait d'un mauvais goût somme toute assez discret, et presque raffiné, par rapport à ce qu'eût été la décoration d'une villa du même niveau d'opulence à Dubaï ou dans tel autre pays du golfe Persique. Personnellement, je ne voyais pas bien quel intérêt présentaient ces documents, mais Fuck me fit observer qu'ils pourraient se révéler fort utiles si je devais un jour m'introduire dans la villa. « Au cas, ajouta-t-il, où les circonstances l'exigeraient. » Dans le même ordre d'idées, mais cette fois sans prétendre qu'il avait eu du mal à se les procurer, il me fit découvrir sur Google Earth des vues aériennes de la résidence The Oaks, sur lesquelles, en suivant le Prado de Los Suenos jusqu'à son intersection avec Parkway Calabasas, on reconnaissait distincte-

ment, à des détails tels que le dessin de la piscine ou celui des deux tourelles octogonales
flanquant de part et d'autre le perron, la villa
représentée sur les photographies de Sotheby's.
Je remarquai qu'à la date où ces vues avaient
été prises, la maison la plus proche, sur Los
Suenos, était encore en chantier : si c'était
toujours le cas, cette proximité d'un bâtiment
inhabité, et faiblement protégé, pourrait nous
être d'un grand secours dans l'hypothèse que
Fuck avait évoquée.

13

« Évidemment, me disais-je, à bord du bus rapide 704 en chemin vers la station de métro Vermont/Santa Monica, évidemment, dans un cas de ce genre, mon ignorance de la conduite ne me facilite pas les choses. » À partir de Vermont/Santa Monica, comme j'avais pris soin de le vérifier auparavant sur le site de la compagnie des transports, je devrais emprunter la ligne rouge du métro jusqu'à Universal City, puis le bus rapide 750, en direction de Warner Center, jusqu'à l'arrêt Topanga, d'où un autre bus — un local, cette fois, le 161 — me conduirait à Calabasas. Tout cela dans la mesure où l'on pouvait se fier aux indications communiquées par la compagnie des transports. Pour passer le temps, cependant que le 704 parcourait à une allure égale, sur Santa Monica, la distance séparant La Cienega de Vermont — et peu avant d'atteindre Vermont il franchirait l'intersection avec Normandie, et dans la perspective ouverte par celle-ci, tout au fond, sur une hauteur, on verrait se profiler la silhouette familière du dôme de l'observatoire de Griffith Park —, pour passer le temps je parcourais dans le *Los Angeles Times* l'histoire divertissante de ce pédophile centenaire qu'un tribunal de New York venait d'envoyer en prison pour non-respect de son programme de rééducation, me demandant avec appréhension en quoi pouvait consister ce programme, ou, dit d'une autre façon, ce qu'il convenait de raconter à un centenaire, du point de vue de la science médicale, ou de la science juridique, pour le convaincre de se détourner des petites filles ou des petits garçons. Me demandant aussi de quels moyens un centenaire disposait — ou quels moyens la justice mettait à sa disposition — pour se rendre à ses séances de rééducation. Me demandant enfin si le pédophile atteindrait en prison l'âge de cent deux ans, comme le prévoyait la peine à laquelle il avait été condamné, et, dans cette hypothèse, s'il devrait faire l'objet d'un suivi, après sa sortie, et s'il constituerait encore, à ce stade, un danger pour la société. Et comme on n'est jamais à l'abri d'un changement de perspective de celle-ci, j'imaginais, dans un avenir indéterminé, un défilé de pédophiles centenaires, dans les rues de New York, revendiquant fièrement leur sexualité, par milliers, la queue au vent, drapeaux déployés, comme dans une représentation kominternienne du prolétariat en mouvement, et exigeant de la municipalité qu'une artère, ou au moins un square, soit nommée d'après ce précurseur dont le *Los Angeles Times* d'aujourd'hui évoquait les vicissitudes. À la sortie de la station de métro Universal, au pied du gratte-ciel abritant les bureaux de cette compagnie, le bus rapide 750 en direction de l'ouest — « Westbound, Al Oeste » — stationnait le long du quai 3, moteur tournant, ce qui augurait favorablement de la suite. Sur le parking, une grosse dame noire, vêtue de l'uniforme de la compagnie des transports, tirait sur sa cigarette d'ultimes bouffées, avec une hâte d'autant plus fébrile que cette habitude déplorable, elle le savait, était condamnée à disparaître, plusieurs localités de l'agglomération de Los Angeles l'ayant déjà prohibée sur l'ensemble de leur territoire. Avant de démarrer, le bus 750 dut encore déployer sa rampe d'accès afin de charger un type se déplaçant sur une chaise roulante. Les handicapés, à égalité avec les fous, et juste derrière les femmes de ménage hispaniques, forment une part importante de la clientèle des bus, et comme il ne s'agit pas toujours de vieillards, on est amené à se demander si le caractère encore guerrier de l'Amérique, par comparaison avec l'Europe, est à l'origine de cette particularité. Incidemment, le temps supplémentaire que les bus doivent passer à l'arrêt, pour charger les handicapés, puis pour qu'ils atteignent les emplacements réservés afin d'y arrimer leurs chaises roulantes, ce temps supplémentaire, s'ajoutant à la durée normale du trajet, presque toujours décourageante en elle-même, fait que l'on prie pour qu'ils ne soient pas trop nombreux sur l'itinéraire que l'on doit emprunter. Mais quoi qu'il en soit, entre le moment où vous prenez place, à Universal, à bord du bus rapide 704, et celui où vous débarquez, à Calabasas, du bus local 161, il ne peut guère s'écouler moins d'une heure et demie.

Depuis l'arrêt Park Granada, pour rejoindre le *mall* qui constitue le centre de la vie sociale à Calabasas, il faut gravir quelques marches au milieu d'un petit jardin. En dépit de son exiguïté, tous les signes auxquels on peut reconnaître un décor agreste s'y trouvent réunis : faux ruisselet dont les eaux murmurantes se brisent en cascade dans un bassin, pont en dos d'âne, buissons de bougainvillées, massifs de fleurs parmi lesquelles dominent les roses jaunes ou blanches (roses blanches dont Britney, dans ses réponses à un questionnaire déjà cité, dit qu'elles sont ses fleurs préférées). L'architecture plus ou moins traditionnelle, et donc plus ou moins hispanique, du centre commercial Commons, et des quelques bâtiments publics de Calabasas, témoigne du même souci de qualité. Mais ce qui exprime le mieux, à mon avis, le génie, ou l'esprit, de cette localité — outre le fait que quiconque s'avise d'y allumer une cigarette, même sur un parking, se fasse vertement rappeler à l'ordre, sinon frapper d'une lourde amende —, c'est la maison de poupée (The Enchanting Cottage), de dimensions telles que des enfants en bas âge puissent s'y ébattre, qui est exposée, rose, ses trois fenêtres garnies de jardinières, devant le bâtiment de la municipalité. Quant aux paparazzis — il y en a toujours sur le territoire de Commons, ou à la périphérie de celui-ci —, ils se fondent dans le décor comme le vautour de Freud dans le tableau de Léonard de Vinci. Tout d'abord je me suis rendu chez Menchie's, le débit de yaourt glacé, dont les pompes étaient assaillies par un essaim de petites filles surexcitées, faisant gicler la crème, en épaisses volutes, dans des récipients de la taille pratiquement d'un pot de fleurs, et violacés. « Mix, Weigh, Pay ! », pouvait-on lire ici et là, à côté de « Master the Mix ! », comme si le contrôle que le client exerçait *personnellement* sur la mixture constituait une expérience absolument inédite et valant vraiment le coup d'être tentée. D'autres affichettes invitaient à prêter attention au silence des enfants autistes (pas marrant) ou représentaient Paris Hilton (déjà mieux) en train de traire une de ces pompes à yaourt, mais sans qu'aucun détail permît de vérifier que c'était bien ici, à Calabasas, qu'elle trayait, plutôt que dans une autre succursale de Menchie's. Le type qui pesait et encaissait, derrière le comptoir, avait un accent tel qu'il trahissait le nouveau venu, sinon le clandestin. Je lui demandai si Britney venait souvent.

« Oui, me répondit-il, elle vient assez régulièrement, environ une fois par semaine, quelquefois seule avec un garde du corps, ou avec son mari. » (Il désignait ainsi Jason Trawick.)

« Mais elle n'adresse jamais la parole aux clients ! » s'empressa-t-il d'ajouter, comme s'il pensait que j'étais venu là dans l'espoir de lier conversation avec elle. Peut-être me prenait-il pour un *stalker*. Et, en effet, c'est à l'instar d'un de ceux-ci qu'un peu plus tard je me suis rendu jusqu'à la grille de la résidence sécurisée The Oaks, deux ou trois kilomètres à pied, sous le soleil, dans cette odeur d'herbe fraîchement coupée, émanant en l'occurrence d'un terrain de golf, qui dans le monde entier est un des privilèges de la richesse, et l'un des signes olfactifs — il n'y en a pas tant, dans ce registre — auxquels on la repère à distance. Le terre-plein central, au milieu de Parkway Calabasas, était fleuri de roses blanches qui exhalaient un parfum assez suave. « Toutes ces roses blanches… me disais-je. Ils ont dû en coller partout pour faire plaisir à Britney, pour atténuer la nostalgie qu'elle éprouve peut-être, dans la Vallée, de la résidence The Summit et de Mulholland Drive. » Ce parcours jalonné de roses blanches m'évoquait aussi la Fête-Dieu telle qu'on la célébrait encore dans mon enfance, avec promenade du Saint-Sacrement à travers toute la ville, sur un tapis odorant de fleurs coupées la veille et commençant à se flétrir. À intervalles plus ou moins espacés, il passait sur la route, dans les deux sens, des Mercedes noires ou blanches, et d'autres véhicules de grosse cylindrée, aux vitres invariablement teintées (impossible de reconnaître quiconque à l'intérieur). Quant à l'entrée de

The Oaks, elle était doublement protégée, d'abord par une barrière érectile, puis par une lourde grille en fer forgé, entre lesquelles était aménagée une cabine où se tenait le personnel de sécurité. Au cas où le caractère aristocratique de la grille, son côté versaillais, n'aurait pas été assez explicite, on avait planté devant un groupe sculpté, en bronze, représentant un cerf, une biche et son faon. De retour à Calabasas, j'ai appelé un taxi depuis le hall de l'hôtel Hilton (j'imaginais la tête du colonel Otchakov quand il devrait valider cette note de frais), et je me suis fait déposer à Santa Monica, sur Ocean, au niveau du terminus du 704. Tandis que le taxi roulait dans Topanga Canyon en direction de la mer et de la PCH, je baissai la vitre pour écouter le crissement des cigales et le bruit plus lointain d'une tronçonneuse. Une rivière — une véritable rivière, cette fois — coulait en contrebas de la route, et sur le remblai de celle-ci foisonnait une végétation printanière telle qu'on peut en observer à la même saison dans le Gard, ou dans le sud de la Lozère. Une buse planait, des papillons voletaient çà et là. On comprenait pourquoi tant de hippies, jadis, avaient choisi de venir s'installer dans ce canyon. On comprenait aussi pourquoi tant de ses habitants, surtout parmi ceux qui étaient établis sur les hauteurs, ou au bord de la mer, estimaient que Los Angeles était une ville agréable.

14

Au crépuscule, depuis l'intersection de Holloway et de La Cienega, sur le terre-plein de la station-service ouverte jour et nuit, cependant que le soleil disparaît derrière l'immeuble de Lindsay, je regarde au sommet de celui-ci, découpée sur un fond doré qui va s'assombrissant, la silhouette noire et comme filigranée d'un petit arbre en boule. En l'absence de toute information nouvelle concernant le projet d'enlèvement (ou d'assassinat) de Britney Spears, les services « maintenaient leur dispositif en stand-by » : c'est au moins ce qu'ils me disaient. De mon côté, alarmé par des signes sur lesquels je reviendrai par la suite, j'éprouvais le sentiment confus qu'un piège était en train de se refermer sur moi, mais un piège dont j'ignorais la nature, et qui en tirait les ficelles. Le rythme de mes rendez-vous avec Fuck s'accélérait. Non qu'il disposât de nouveaux éléments — presque tout ce qu'il me communiquait, je l'avais déjà trouvé sur Internet ou par d'autres moyens —, mais peut-être, comme je l'ai dit, pour m'éprouver, et aussi parce que ces rencontres constituaient pour lui autant d'occasions d'échapper à la routine de son métier, dont il semblait de plus en plus détaché. L'un de ces rendez-vous — c'était le jour où fut publiée la nouvelle de la régression de Britney de la quatrième à la quarante-quatrième place (quarante places d'un coup…) dans le classement *FHM* des « femmes les plus sexy du monde » —, il me le donna sur la plate-forme supérieure d'un parking à étages situé dans Downtown à l'angle de la 5ᵉ Rue et de Spring. Son intérêt pour ce parking venait de ce que, le matin même, le *Los Angeles Times* avait publié un long article au sujet des martinets de Vaux (*chaetura vauxi*), que leur migration saisonnière, depuis leurs zones d'hivernage au Mexique vers leurs zones de reproduction dans l'Oregon et jusqu'en Alaska, amenaient chaque année à faire escale à Los Angeles, où ils séjournaient de préférence dans la cheminée du Chester Building : un immeuble âgé de quatre-vingt-quatre ans, et dont la cheminée en brique avait survécu à la disparition de la plupart de ses semblables, consécutive à l'entrée en vigueur de nouvelles normes antisismiques. « Chaque soir, lisait-on dans l'article du *Los Angeles Times*, à partir de 19 heures, les oiseaux arrivent par milliers pour s'engouffrer dans la cheminée du Chester Building, autour de laquelle des corbeaux, si nombreux à Los Angeles, les attendent par centaines, afin de les saisir dans leur bec au moment où ils plongent dans le conduit. » L'article précisait que les sites sur lesquels les martinets de Vaux se rassemblaient à plus de 10 000 — et tel était le cas du Chester Building — pouvaient se compter, dans le monde, sur les doigts d'une main. Lorsque j'ai retrouvé Fuck sur le toit du parking, après avoir trompé la vigilance du gardien, dans sa loge vitrée, en m'engouffrant à pied sur la rampe d'accès — « Danger ! Not a pedestrian walkway ! » —, il était accoudé au parapet, une paire de jumelles autour du cou, guettant le retour des martinets qui se faisaient attendre. Son intérêt pour l'ornithologie, me confia-t-il, datait de l'époque où il travaillait pour le Black Panther Party à Oakland, si peu évident que fût le lien entre ces deux activités. (Peut-être se consolait-il, en observant les oiseaux, des humiliations que lui infligeaient les militants noirs radicaux, dont on racontait qu'ils l'obligeaient quelquefois à dormir par terre, à même le sol, afin d'éprouver ne serait-ce qu'une infime partie des souffrances endurées par les esclaves lors de leur acheminement à fond de cale.) De l'endroit où il se tenait, on voyait en effet la cheminée du Chester, autour de laquelle voletaient quelques corbeaux. Une buse était posée, non loin de là, sur l'antenne en forme de derrick de la radio KRKD. À ce moment de la soirée, comme souvent, au fur et à mesure que le jour déclinait la brume se levait, et elle fut bientôt si dense que les gratte-ciel de Downtown y disparaissaient jusqu'à la ceinture, leurs étages supérieurs ne se signalant plus que par un halo de lumière orange. Lorsque les martinets se décidèrent à revenir, par petits paquets de quelques dizaines ou quelques centaines, tout au plus, la visibilité était devenue quasi nulle, mais tout de même pas au point que l'on ne pût voir les corbeaux, beaucoup moins nombreux cependant que dans la description du journal, en saisir au vol quelques-uns, au moment où, presque sans infléchir leur trajectoire, ils plongeaient en piqué dans la cheminée.

« Ça ne vous rappelle pas quelque chose ? questionna Fuck.

— Si, la scène où les petites tortues se font boulotter par les frégates, dans *Soudain l'été dernier*.

— En effet, et c'est ce spectacle, si j'ai bonne mémoire, qui rend Liz Taylor hystérique. »

Et comme à l'homme épris tout parle de son amour, je repensai à ce que la correspondante du *Monde* avait dit de Liz Taylor jeune, telle que nous la voyons par exemple dans ce film, l'un de ceux où elle atteint au sommet de sa beauté. À la demande de Fuck, notre rendez-vous suivant eut lieu au musée d'Art moderne, dans la salle que cet établissement consacre à Mark Rothko. Mais bien qu'il éprouvât un goût très vif — tout de même plus compréhensible que celui dont il témoignait pour les oiseaux — pour l'œuvre de ce peintre, et en particulier pour le grand tableau, intitulé *Rust and Blue (Rouille et bleu)*, devant lequel il se tenait lorsque je l'ai retrouvé, ce n'était pas tant pour me le faire partager, si Fuck avait choisi ce lieu de rendez-vous, que pour me raconter, à propos de Rothko, dans quelles circonstances celui-ci avait renoncé, alors que son travail était achevé, et prêt pour l'accrochage, à honorer une commande passée par un restaurant new-yorkais.

« Ce restaurant, raconte Fuck, le Four Seasons, devait ouvrir, en 1959, au rez-de-chaussée d'un tout nouvel immeuble, le Seagram, bâti dans Park Avenue par Mies van der Rohe. Dans un premier temps, Rothko avait accepté une commande de plusieurs tableaux pour en décorer une des salles, et il avait été payé à l'avance pour ce travail. D'après un critique d'art avec lequel il s'était entretenu, de retour d'un voyage en Europe, à bord d'un transatlantique, Rothko, pour l'exécution de cette commande, s'était inspiré notamment d'une pièce, ou plutôt d'un vestibule, de la bibliothèque Laurentienne, à Florence, conçu par son architecte, Michel-Ange, afin de procurer à ses visiteurs une sensation d'étouffement, ou d'agonie — tout du moins était-ce l'impression que Rothko en avait retirée —, quelque chose comme une antichambre de la mort... »

À ce point de son récit, Fuck doit s'interrompre pour se racler la gorge comme s'il était sur le point de fondre en larmes. Un de ses téléphones portables grelotte au fond d'une poche, mais il prend le parti de l'ignorer.

« Oui, enchaîne-t-il, à cette époque, en 1959, Rothko imaginait encore qu'une œuvre d'art pouvait changer la vie des gens qui la regardaient, y compris en mal, puisque, dans ce cas, c'était apparemment ce qu'il recherchait. Le public opulent auquel s'adressait le Four Seasons ne lui plaisait pas, et il était heureux de le faire souffrir. Là-dessus, le restaurant ouvre, Rothko s'y rend pour dîner avec sa femme, et, le soir même, de retour chez lui, il appelle un ami pour lui dire qu'il va reprendre ses tableaux et restituer l'argent qu'il a déjà reçu. Le lendemain, il aurait déclaré à son assistant que "quiconque mange ce genre de nourriture, et pour un tel prix, ne regardera jamais mes peintures". Voulait-il dire que ce "quiconque" n'était pas digne de les regarder, ou simplement qu'il ne les remarquerait pas ? Sans doute les deux. Il semble que Rothko, avec une particulière acuité lors de ce dîner au Four Seasons, ait compris que son ambition de châtier la clientèle de cet établissement, ou, plus modestement, de susciter chez elle un malaise, était absolument vaine. Il comprend que l'art, et notamment le sien, n'a pas ce pouvoir, et qu'aucun client du Four Seasons n'y verra jamais autre chose qu'un ornement. Et c'est ainsi qu'il rompt le contrat, reprend ses toiles et rend l'argent. »

Fuck s'interrompt de nouveau pour me demander ce que j'en pense.

« Cela mérite réflexion… » (C'est moi qui parle ; en règle générale, j'ai beaucoup de mal à exprimer des vues originales sur des sujets artistiques, particulièrement lorsque je visite un musée, ce qui d'ailleurs ne m'arrive que rarement.)

« Est-ce qu'il était communiste ? » (Je sais que ce n'est pas très intelligent, mais c'est la seule question qui me vienne à l'esprit.)

« Non, répond Fuck, mais il n'aimait pas les riches.

— Et vous-même ? », ajoutai-je, un peu surpris tout de même par cette résurgence de radicalisme chez quelqu'un qui passe pour posséder une villa sur les hauteurs de Beverly Hills et une autre à Malibu, même s'il est plus ou moins avéré qu'il ne met plus jamais les pieds dans l'une ou l'autre. Fuck élude la question.

« Une dizaine d'années plus tard, reprend-il, Rothko fera don de ces peintures à la Tate Gallery. Et le plus drôle, si c'est le mot qui convient, c'est qu'elles arriveront à Londres, en 1970, le jour même où il se suicide à New York. »

Lorsqu'il était de bonne humeur, et comme il avait observé que mes obligations professionnelles me laissaient beaucoup de temps libre, Fuck, au volant de sa Facel Vega, me faisait traverser toute la ville, d'est en ouest, pour rejoindre Vista del Mar Park, sans doute le plus secret, et certainement le moins fréquenté, de tous les jardins publics de Los Angeles. La situation de Vista del Mar Park, en un lieu pratiquement inaccessible au public, coincé au bout des pistes de l'aéroport, est tellement aberrante qu'elle ne peut résulter que d'une erreur de calcul, ou plutôt d'obscures tractations au sein de la municipalité, des élus d'inspiration écologiste, soucieux d'affirmer leur existence, ayant peut-être exigé la création de ce parc, si vaine soit-elle, en contrepartie d'une extension des pistes. Car là où il est aménagé s'étendait autrefois un quartier résidentiel dont subsiste l'empreinte de quelques rues, certaines encore bordées de palmiers, voire de lampadaires, leur revêtement et celui des trottoirs grignoté par une végéta-tion de terrain vague, telles qu'on les aperçoit à travers la clôture grillagée isolant cet espace vert du territoire de l'aéroport qui l'enserre sur trois côtés. Le quatrième, le seul qui soit ouvert, donne sur la plage de Dockweiler, dont il est séparé par la largeur d'une route à quatre voies. Et dans les brefs intervalles entre deux décollages, et deux passages de jets au ras des grêles palmiers, velus du tronc pour certains, dont le parc est planté, le silence n'est rompu que par le bruit des vagues se brisant en contre-bas. Sur la gauche, quand on regarde la mer, se voient généralement un ou deux pétroliers au mouillage devant la raffinerie Chevron d'El Segundo. Et à l'arrière-plan la péninsule de Palos Verdes, qui, de cette distance, paraît uni-formément boisée. Fuck prétendait, et il y avait tout lieu de le croire, qu'il appréciait dans ce parc le fait de n'y avoir jamais rencontré âme qui vive, outre que cette absence de public se traduisait par une exceptionnelle vigueur du gazon, aussi vert et dru qu'il était jaune et languissant sur les pelouses de la plupart des parcs urbains. Pour les mêmes raisons, la faune sauvage y était bien représentée, sous l'espèce en particulier d'au moins deux variétés d'écureuils, dont l'une, fouisseuse et souterraine, inspirait à Fuck un enthousiasme assez étrange chez un homme de son âge. Il était capable de se coucher à plat ventre devant l'entrée d'un terrier creusé par ces sortes de rats et de passer ainsi de longues minutes, les appelant par les petits noms qu'il leur avait donnés — Twinkly, Blinky, Piggy et Lily, pour ne citer que ceux dont je me souviens — jusqu'à ce que l'un de ces animaux consentît à se montrer, dardant hors de son trou une petite tête joufflue aux longues incisives, agitée d'un mouvement incessant de va-et-vient, pour s'emparer des graines que Fuck lui présentait dans le creux de sa main. Tout ce trafic avec les bestioles me gênait un peu, comme une marque de gâtisme, mais je me gardais de le lui dire. De mon côté, en effet, je ne me lassais pas de guetter les avions au moment où ils surgissaient, moteurs hurlant, au-dessus des palmiers, avant de prendre de l'altitude et de rentrer leur train, me soufflant au visage un air brûlant qui puait le kérosène.

15

Au cours de la journée du 20 avril, sous une pluie fine, j'ai franchi la rivière de Los Angeles pour la première fois. C'était sur Chavez, au-delà du dernier arrêt du 704 dans cette direction, après que celui-ci a passé sous les voies en faisceau d'Union Station et avant qu'il ne tourne sur la gauche, dans Vignes, pour rentrer au dépôt. Si l'on suit Vignes en longeant ce dépôt des bus, comme je l'ai fait tout d'abord par erreur, on côtoie successivement deux établissements carcéraux, Twin Towers Correctional Facility puis Men's Central Jail, d'un aspect inévitablement assez rude, avant de repasser sous les voies du chemin de fer, doublées à ce niveau par la rampe sinueuse, en forme de bretelle d'échangeur, qu'emprunte au départ d'Union Station la ligne jaune du métro en direction de Pasadena. À l'abri du pont de chemin de fer se voit un campement de sans-logis, déserté dans la matinée, mais attesté par la présence d'un lit pliant à sangles et de sacs à provisions soigneusement empilés, sur le trottoir de droite, et sur celui de gauche par un semis d'étrons évoquant une présence humaine de longue durée. Un type balèze et qui n'a pas froid aux yeux — un gardien de prison ? — fait son jogging matinal en slalomant parmi ces obstacles. Au-delà du pont, et en deçà de l'intersection de Vignes avec North Main, se déploie sur la droite un terrain vague dont un panneau signale qu'il est à vendre — « Land for sale » —, et, dans le fond de celui-ci, un bâtiment industriel d'un autre âge — il en émane d'abondantes fumées et des bruits métalliques — abrite la California Drop Forge Inc, dont un second panneau signale qu'elle embauche : « Job opportunities ». Mais qui, aujourd'hui, sinon peut-être un « dos mouillé » — un Mexicain fraîchement débarqué —, aurait envie de travailler dans une forge ? Ayant compris mon erreur en apercevant dans le lointain les tours de Downtown, auxquelles j'aurais dû tourner le dos, je suis revenu sur mes pas pour emprunter Chavez sur la gauche, et c'est à ce moment qu'il s'est mis à pleuvoir. Pas grand-chose, juste un petit crachin assez déprimant, parce que de sa ténuité même, sa ténuité obstinée, on retire l'impression qu'il y en a pour toute la journée ; outre que si c'est déjà beaucoup, pour les nerfs des automobilistes dont il vient à croiser la route, qu'un type se déplaçant à pied dans un quartier de Los Angeles dépourvu de toute activité commerciale, c'est encore une autre affaire si ce type marche sous la pluie. Et c'est ainsi que j'ai longé pendant plusieurs minutes, de nouveau, mais sur un autre côté, la clôture du dépôt des bus, avant de dédaigner, par crainte d'y faire de mauvaises rencontres, un chemin qui descendait vers la rivière en pente douce, ses bas-côtés envahis par une végétation composée notamment de liserons dont les fleurs atteignaient la taille d'une assiette, d'où l'on pouvait déduire que ce chemin, mal entretenu, n'était emprunté, s'il l'était, que par des réprouvés. Le pont lui-même date de 1926. Des lampadaires en fonte ouvragée, portant des lanternes groupées par deux, le jalonnent sur toute sa longueur. Quelques centaines de mètres en aval, une autoroute urbaine, la 101 (ou la *One O One*), franchit la rivière de Los Angeles sur un ouvrage plus important. Quant à celle-ci — à peine plus qu'un filet d'eau, en cette saison, mais un filet d'eau animé d'un mouvement rapide, voire impétueux —, elle coule au fond d'une auge bétonnée, évoquant l'égout ou le canal d'irrigation, d'une profondeur et d'une largeur apparemment disproportionnées à son débit, et dont les berges inclinées sont uniformément recouvertes de graffs, excepté là où ces derniers ont été maladroitement badigeonnés, donnant au béton, localement, l'aspect d'un tissu rapiécé. Des deux côtés les berges sont bordées de voies ferrées, et parallèlement à celles-ci de lignes électriques à haute tension. Sur la rive gauche, dans l'angle obtus formé par l'intersection de Chavez avec Mission Road, s'étend en profondeur un paysage ferroviaire : des trains *double stack*, transportant des conteneurs sur deux hauteurs, y évoluent lentement parmi des montagnes de gravats ou de véhicules hors d'usage. Juste avant l'intersection, au-dessus d'un de ces tas, un panneau publicitaire de grande taille invite à poursuivre deux *miles* sur Mission, en direction du nord, jusqu'au Norris Cancer Hospital, dont les bienfaits sont illustrés par la figure avenante d'une jeune femme de race indéterminée, coiffée d'un turban à motifs exotiques (des ananas) et qu'à l'éclat de ses yeux on devine souriante — prête à faire de son mieux — sous le masque de gaze qui dissimule le bas de son visage. « You are not alone ! » assure hypocritement l'hôpital Norris aux malades se disposant à emprunter Mission Road pour l'atteindre. « Fight on ! » « Vous n'êtes pas seul ! » « Battez-vous ! »

Naturellement, il était tentant de se demander ce que Britney Spears pouvait faire par un jour de pluie — une circonstance exceptionnelle à Los Angeles —, et l'agence X17, comme je devais le constater un peu plus tard, avait répondu à cette attente, partiellement, en mettant en ligne des images de la chanteuse au volant d'un 4 × 4 Mercedes dont les essuie-glaces étaient en mouvement, preuve supplémentaire que le monde dans lequel elle vivait était bien soumis aux mêmes contingences climatiques que le nôtre.

16

J'étais à Los Angeles depuis deux semaines lorsque Daryl Gates a cassé sa pipe. Quatre jours plus tard, la plate-forme Deep Water Horizon devait exploser dans le golfe du Mexique, et bientôt CNN diffuserait en direct, jour après jour, des images horrifiantes du pétrole brut s'échappant à gros bouillon dans les profondeurs sous-marines. Le 27 avril, les funérailles du Chef — *The Chief,* ainsi que Daryl Gates était désigné dans la presse, y compris celle qui lui avait été le plus hostile — étaient célébrées en grande pompe dans la cathédrale Notre-Dame-des-Anges. De celle-ci, la masse jaune et difforme se dresse sur le côté droit de Grand Avenue entre son intersection avec Temple et le pont sur lequel elle franchit la *One O One.* Le colonel Otchakov m'avait recommandé d'assister à la cérémonie, bien sûr *incognito,* en me faisant observer que ce serait une occasion unique de me familiariser avec les différents aspects revêtus par la police de Los Angeles. Et si possible, avait-il ajouté, d'identifier au moins quelques membres de sa section antiterroriste, afin de pouvoir les reconnaître si j'étais amené à les rencontrer de nouveau. Daryl Gates, en effet, avait été le chef du LAPD (Los Angeles Police Department) depuis 1978 et jusqu'en 1992, année marquée par des émeutes auxquelles ses hommes n'étaient parvenus à mettre fin qu'au bout de plusieurs jours et de quelques dizaines de morts. Ses atermoiements, dans cette circonstance, et la brutalité dont la police avait fait preuve, après avoir longuement tergiversé, l'avaient contraint à démissionner, mais de très mauvaise grâce. Tant et si bien que Gates était flétri par ses détracteurs — les « libéraux » — comme un flic violent et raciste, tandis que ses supporters — les adversaires des précédents — voyaient en lui une figure exemplaire de la loi et de l'ordre. Lorsque j'ai emprunté le 704, tôt dans la matinée du 27 avril, alors que les hauteurs de Hollywood étaient encore noyées de brume, j'ai eu le loisir de vérifier que ceux des bus qui se déplaçaient d'est en ouest étaient bondés, principalement de femmes hispaniques, tandis que ceux qui se déplaçaient d'ouest en est étaient aux trois quarts vides : et le plus intéressant, comme on pouvait le constater en passant au-dessus de la *One O One*, et auparavant de Pasadena Freeway, c'était que sur ces grands axes le phénomène était inversé, la circulation étant beaucoup plus dense de la périphérie vers le centre, comme si les femmes hispaniques allaient toutes faire le ménage, ou vaquer à d'autres soins, chez les gens qui à la même heure se hâtaient en voiture vers leurs bureaux de Downtown. Mais en approchant, sur Grand, de l'intersection avec Temple, au moment où je franchissais le pont routier en dessous duquel, dans le fond de sa tranchée, la *One O One* charriait un flot incessant de véhicules, je compris que j'aurais beaucoup de mal à m'acquitter de la tâche que m'avait assignée le colonel Otchakov. Car jamais, même au cours des journées de manifestations ou d'émeutes auxquelles il m'était arrivé d'assister ou de prendre part, sous d'autres cieux, jamais je n'avais vu autant de flics, et de toutes les sortes, vêtus d'une si grande variété d'uniformes que toute tentative pour les distinguer les uns des autres, et déterminer leurs spécialités respectives, semblait d'avance vouée à l'échec. Pour les personnes, malheureusement rares, qui aiment la police par-dessus tout, ce spectacle aurait constitué un véritable enchantement, comme pour un pèlerin du Moyen Âge celui de Jérusalem délivrée. En haut de Temple, en amont de l'ouverture, dans le mur d'enceinte, permettant d'accéder au parvis de la cathédrale, des véhicules du Bomb Squad étaient stationnés, et un peu plus bas d'autres véhicules, ceux-là d'un noir étincelant, appartenant au SWAT (Special Weapons and Tactics), cette unité d'élite créée par Daryl Gates et spécialisée notamment dans la lutte contre les prises d'otages. (Tout autour se

tenaient des hommes athlétiques vêtus de cos-
tumes sombres, cravatés, le regard dissimulé par
des lunettes noires, des fils tire-bouchonnés leur
sortant des oreilles comme s'ils avaient souffert
de troubles auditifs.) Au niveau de l'intersection de Temple avec Hill, deux grandes échel-
les de pompiers, déployées, formaient au-dessus
de la chaussée une arche triomphale, d'où pen-
dait un drapeau américain de dimensions colossa-
les. Et du fond de Temple on voyait s'avancer
lentement, en rangs serrés, puis défiler sous
cette arche, une foule de plusieurs milliers de
personnes, des flics pour la plupart, uniformément vêtus, comme il convenait, de noir ou
de bleu marine, beaucoup portant des lunettes
teintées que ne justifiait pas un ensoleillement
modéré, et tout cela dans un silence pesant,
troublé seulement par le bruit de leur piéti-
nement et par le vrombissement d'une demi-
douzaine d'hélicoptères — ceux de la presse et
ceux de la police — se maintenant en vol stationnaire au-dessus du convoi, puis par la son-
nerie espacée — le glas ? — des cloches de la
cathédrale, enfin par les sonorités aigres, et à
dessein déchirantes, que tiraient de leurs instru-
ments des joueurs de cornemuse vêtus à l'écos-
saise et appartenant aux deux sexes. Le corbillard
lui-même était suivi de quatre limousines ral-
longées, noires, aux vitres teintées, et précédé,
après les sonneurs de cornemuse et une escouade
de motards porteurs de drapeaux (ceux de la
police, de la Navy, dans laquelle Gates avait

servi pendant la guerre, de la Californie et des États-Unis), par un groupe de quatre cavaliers, en uniforme, derrière lesquels s'avançait, solitaire, un cheval démonté, mais scellé et harnaché, comme s'il venait de désarçonner son cavalier. (Et ce cheval démonté était à mon avis le détail le plus réussi de cette mise en scène, et le seul qui fût susceptible, parce qu'il rendait en quelque sorte la mort présente, d'émouvoir presque jusqu'aux larmes l'être le plus insensible, comme je l'étais moi-même, au sort funeste de Daryl Gates.) À 9 heures pétantes, le cercueil ayant été déposé dans le chœur, les cloches de la cathédrale se sont mises à sonner à toute volée. Peu après, les accents de « My Way », interprétée par Frank Sinatra, et précédant la lecture de l'Évangile de Jean dans lequel il est dit que la maison du Père compte plus d'une demeure, ont résonné sur le parvis, où des haut-parleurs avaient été disposés afin que le public qui n'avait pas trouvé place à l'intérieur, ou qui n'était pas invité, pût suivre la cérémonie. Faisant face au porche de la cathédrale, de l'autre côté du parvis, la cafétéria était restée ouverte et les sonneurs de cornemuse y avaient trouvé refuge, quelle que fût la raison pour laquelle ils avaient été dispensés de s'appuyer toute la liturgie. Délivrés de l'obligation de se composer des mines d'enterrement, se croyant sans témoins, ils pouvaient se laisser aller à l'innocent plaisir de bavarder entre eux, hommes et femmes, âgés pour la plupart, un peu ridicules, au repos, avec leurs outres et leurs déguisements ; et tels qu'ils se présentaient maintenant, papotant, remontant leurs chaussettes et lissant les plis de leurs jupes de tartan, je trouvais qu'à tout prendre ils donnaient du LAPD une meilleure image que tout ce que j'avais vu auparavant.

Par une coïncidence remarquable, c'est dans les heures qui suivirent cette cérémonie que, pour la première fois, je tombai sur un tract émanant du Parti communiste révolutionnaire des États-Unis. (Si je rapporte ce fait, par lui-même insignifiant — au moins en apparence —, c'est qu'il était appelé à se reproduire.) Les choses se sont passées de la manière suivante : en fin de matinée, ayant traversé à pied, depuis la cathédrale, une partie du centre-ville, je me disposais à emprunter la ligne rouge du métro pour rejoindre Vermont/Santa Monica et la connexion avec le bus 704, lorsque dans l'escalier de la station 7th Street/Metro Center, mon attention a été attirée par une feuille de papier de format A4 qui gisait sur une marche, immaculée et parfaitement lisse, je me permets d'insister sur ce point, comme si quelqu'un venait de l'y déposer avec précaution, et non de la jeter comme on le fait généralement d'un tract sans même prendre connaissance de son contenu. Eût-elle été froissée, d'ailleurs, ou piétinée, que je ne me serais pas penché pour la ramasser. Or si elle avait été déposée avec soin, il fallait que ce fût intentionnellement : et peut-être, puisque

130

c'était à mes pieds, afin d'attirer mon attention particulière, plutôt que celle d'un autre usager du métro. Le texte de ce tract bilingue, anglais et espagnol, était extrêmement dense, et d'une telle monotonie que je ne suis jamais parvenu à le lire jusqu'au bout. Seule l'accroche était assez bien trouvée, même s'il s'agissait d'un de ces truismes dont la propagande révolutionnaire a toujours été très prodigue : « Le monde dans lequel nous vivons n'est pas le meilleur possible… »

Et ça continuait par de longues diatribes contre l'impérialisme, ce système « guidé par la recherche insatiable du profit », « engendrant pour la majeure partie de l'humanité un cauchemar sans fin de misère et de sordidité, de torture et de viol, d'assassinats et de massacres, de guerres et d'invasions ». À propos de ces dernières, le rédacteur du tract retrouvait un peu de la verve qui lui avait inspiré son titre, lorsqu'il décrivait « les petits enfants déchiquetés par les bombes, les hommes et les femmes fauchés dans la fleur de l'âge, ou dans leur vieillesse (car la Révolution ne doit laisser personne de côté), les portes fracassées et les gens extirpés de chez eux au milieu de la nuit ». Et ainsi de suite.

« Un système qui n'offre à des millions de jeunes d'autre issue que le crime et le châtiment, à moins de devenir une folle machine à tuer au service de ce système lui-même, voilà

131

qui, à soi seul, constitue une raison suffisante pour le balayer de la surface de la terre ! »

À ce sujet, le rédacteur du tract reconnaissait que la situation, aux États-Unis, n'était pas encore mûre pour la prise du pouvoir, mais il ajoutait qu'il n'en fallait pas moins, dès maintenant, s'y préparer, et que rien de tout cela n'était possible sans « leadership ». Or ce leadership existait.

« Avec Bob Avakian, poursuivait le tract, le président de notre parti (et sans doute aussi l'auteur du texte), nous avons ce genre de leader rare et précieux comme il ne s'en rencontre pas très souvent. Un leader qui a donné son cœur, et toute sa connaissance, et ses capacités, pour servir la cause de la révolution et de l'émancipation de l'humanité. »

Suivaient plusieurs lignes de louanges que ce Bob Avakian (vraisemblablement) s'adressait à lui-même, et qu'il concluait ainsi : « La possibilité d'une révolution ici même, et d'une avancée révolutionnaire dans le monde entier, est grandement exhaussée (*greatly heightened*) grâce à Bob Avakian et au leadership qu'il exerce. »

Au bas du tract figuraient l'adresse d'une librairie, à Los Angeles, que je négligeai de relever, et celle d'un site — revolutiontalk.net — sur lequel il était possible de visionner un discours de Bob Avakian *dans son intégralité*.

Après m'être assuré que personne ne m'avait vu le ramasser — mais le métro était heureusement peu fréquenté à ce moment de la journée —, je pliai le tract en quatre et le glissai dans ma poche, craignant d'attirer l'attention si je m'en débarrassais aussitôt, et prévoyant de le faire plus tard en toute discrétion. Puis je me souviens d'avoir fait la sieste — les obsèques de Daryl Gates m'avaient épuisé, sans compter que j'avais dû me lever tôt pour y assister —, et d'avoir rêvé (ou rêvassé) d'une sorte de talk-show, dans le genre de ceux auxquels préside Oprah Winfrey, dont j'étais le « modérateur », et qui réunissait sur le même plateau Britney Spears et Bob Avakian. (Afin d'atténuer ce qu'une telle rencontre pouvait avoir d'incongru, j'avais prêté au second les traits de George Clooney.)

En fin d'après-midi, j'ai quitté le Holloway, à pied de nouveau, pour me rendre au Chateau Marmont (cinq à dix minutes de marche, tout au plus), dont j'avais cru remarquer, lors de précédentes reconnaissances, qu'il n'était accessible qu'en voiture, la seule entrée visible de cet établissement — encore est-ce une façon de parler, car visible, elle ne l'est que pour qui l'a au préalable repérée — étant celle du garage, à l'orée duquel le dispositif habituel, c'est-à-dire la chaire, ou le refuge, du *valet service*, exerçait cette dissuasion à laquelle je m'étais déjà heurté — et dont j'avais triomphé — lors de ma visite au Moonshadows. Après l'aube, le crépuscule est à Los Angeles le moment le plus agréable de la journée, même si c'est également l'un de ceux où la circulation est la plus dense.

Mais il y a quelque chose d'envoûtant, comme je l'ai déjà noté, dans le spectacle de ce long ruban mouvant de phares allumés, surtout sur une artère aussi mal éclairée que Sunset peut l'être par endroits. En passant devant l'hôtel Mondrian, où Britney se rendait encore assez régulièrement — et où je m'efforçais, jusqu'à présent sans succès, d'obtenir d'une femme de ménage qu'à l'occasion d'un des séjours de la star elle me laisse accéder, avant d'y rien changer, à la suite tout juste libérée par celle-ci —, j'observai qu'une Ferrari Testarossa qui s'était engagée trop rapidement sur la rampe d'accès venait de péter quelque chose, peut-être un carter, au passage du ralentisseur, et que sa conductrice, une gamine vêtue d'une longue chemise en jean et d'une paire de Santiags, était en train de confier les clés de la voiture, afin qu'il s'en démerde, à l'un des sbires de la sécurité déployés sur le parvis : sbires dont l'allure sportive et les survêtements à capuche, uniformément blancs ou beiges, évoquaient le service d'ordre d'un cartel mexicain plutôt que la réception d'un grand hôtel. Rien de tel, en revanche, devant l'entrée du Sunset Tower ou du Standard, ce qui était à porter à leur crédit. Au-delà du William S. Hart Park — un jardin minuscule, en contrebas de la chaussée, dont la plus grande partie est aménagée à l'usage exclusif des chiens —, le boulevard amorce une longue courbe, en légère descente, à l'horizon de laquelle émergent d'une masse de verdure

134

les toits d'ardoise et la tour du Chateau Marmont. Attenant à cet ensemble, sur sa droite, un panneau publicitaire brillamment éclairé, visible de très loin, sans doute un des plus chers de toute la ville, et dédié de manière apparemment pérenne à la marque Gucci, affiche au-dessus des arbres, comme en lévitation, une créature assez féerique, presque entièrement dévêtue, allongée dans une pose à la fois tendue et alanguie suggérant l'imminence d'un orgasme. Au pied de l'hôtel, mais sur la rive opposée du boulevard, un bâtiment long et bas, aux contours soulignés d'un trait de néon coloré — bleu, rose, rouge —, abrite un spectacle permanent de strip-tease. Quand on se déplace d'ouest en est, la ruelle qui dessert le Chateau Marmont forme avec Sunset un angle aigu. Elle est étroite et raide, et la seule indication que l'on y rencontre, si on est à la recherche de l'entrée de l'hôtel, est un panneau lumineux signalant le garage. C'est à ce niveau que, dans son refuge, ou sur sa chaire, se tient l'agent du *valet service*, généralement secondé par une hôtesse qui s'enquiert de leurs réservations auprès des clients se présentant en voiture. Étant à pied, je décidai d'éviter ce piège, et de contourner le bâtiment en quête d'une entrée qui fût accessible autrement qu'en automobile. Mais après avoir contourné tout ce qui était contournable — le tracé de la voirie ne permettant pas de faire le tour complet du bâtiment —, je dus me rendre à l'évidence : il n'y en avait pas. Et comme je ne pouvais envisager, à ce stade, de revenir à mon point de départ et de me présenter à l'entrée du garage, ne doutant pas que les deux préposés, ayant repéré mon manège, seraient d'autant plus enclins à me refouler, je pris le parti de tenter le tout pour le tout et de m'introduire dans l'enceinte de l'hôtel — ou de son jardin, en l'occurrence — en passant à travers une haie de thuyas (ou d'autres arbrisseaux du même genre) en un point où elle paraissait assez mince. Je le fis avec une telle célérité, une si merveilleuse souplesse, que les deux loufiats dans le dos desquels je débouchai ne remarquèrent rien d'anormal : un peu comme si je m'étais dissous dans l'air, au passage de la haie, pour ne reprendre une forme humaine qu'une fois cet obstacle franchi. Il est vrai que, pour mettre toutes les chances de mon côté, je m'étais au départ du Holloway vêtu de ce que j'avais de mieux : une veste bleu sombre Yves Saint Laurent, portée sur une chemise blanche bien repassée, un jean 501 noir tout frais sorti de Hollyway Cleaners — « le pressing des stars » — et une paire de bottines Weston également noires, juste assez poussiéreuses pour ne pas donner l'impression que j'attachais de l'importance à ce genre de détails. Le succès de mon effraction allait bien au-delà de ce que j'avais espéré. Je me retrouvai en effet au milieu d'une réunion privée — le Rotary Club, ou quelque chose de ce genre — dont tous les invités de sexe masculin, ou la plupart, avaient à peu près le même âge que moi, et, si je puis me permettre, étaient habillés plutôt moins bien. Sans doute devaient-ils tous se connaître, plus ou moins, mais la certitude qu'à défaut d'être l'un des leurs j'appartenais au même milieu social, comme mon déguisement en témoignait, leur ôtait toute crainte, et faisait qu'ils m'adressaient sans hésitation de grands sourires auxquels je répondais avec le même empressement. Peut-être, puisque je n'étais pas membre du Rotary, ou du club, quel qu'il fût, qui les réunissait, peut-être me prenaient-ils pour un membre de la direction de l'hôtel, ce qui était encore très honorable. Des garçons passaient à tout instant avec des plateaux de coupes de champagne et de canapés dont je me servis largement, toujours multipliant les sourires, les hochements de tête, les haussements de sourcils et d'autres petits gestes discrètement amicaux. Lorsqu'il me sembla que la plaisanterie avait assez duré, et que, l'heure approchant pour eux de passer à table — le cocktail était apparemment suivi d'un banquet —, l'un de mes nouveaux amis risquait de découvrir mon imposture, je franchis à rebours le ruban qui sur la terrasse de l'hôtel délimitait le périmètre de la réception — rien de plus facile, dans ce sens-là — et je dénichai bientôt dans le cloître, puisque c'est sous cette forme que se présente le jardin, ou du moins tout un pan de celui-ci, un fauteuil confortable, d'où je me payai le luxe de commander, à mes frais, cette fois (ou aux frais de mon employeur), un verre de sancerre. J'acquittai pour celui-ci la somme de 21 dollars et 46 cents, dont 1 dollar 91 cents de taxe et 2 dollars 55 cents de service. (Le ticket envisageait la possibilité d'une *additional gratuity*, mais je choisis de ne pas donner suite à cette suggestion.) Il était maintenant 9 heures du soir, à quelque chose près, et je commençais à me sentir un peu ivre. Déjà, sous un velum, quelques dîneurs étaient attablés, parmi lesquels je ne reconnus aucune star, mais il est vrai que je n'en connaissais pas beaucoup, surtout dans la génération de la téléréalité ou de Victoria's Secret. L'émotion que m'avait causée mon effraction, et le plein succès de celle-ci, se dissipait peu à peu, et je n'en continuais pas moins d'éprouver un sentiment de triomphe qui se traduisait, je le crains, par une certaine arrogance. Au moment de quitter le Chateau Marmont — par la grande porte, qui se trouvait décidément être celle du garage —, non sans avoir repéré au préalable tout ce qui pourrait m'être utile lors d'une prochaine visite (à commencer par les toilettes, que je mis quelque temps à découvrir, sachant que si je posais la moindre question à ce sujet je dilapiderais tout le crédit que je venais d'acquérir en buvant ce verre de sancerre avec l'aisance, voire la désinvolture, d'un habitué), je m'avisai de ce que le comptoir de la réception était momentanément déserté, et j'en profitai pour m'emparer d'une pomme, disposée avec d'autres dans un compotier, et pour abandonner le tract du Parti communiste révolutionnaire des États-Unis que je venais de retrouver dans ma poche, ne doutant pas que la lecture de l'homélie d'Avakian serait d'un grand profit pour l'employé qui tomberait dessus en premier. Puis je sortis par la porte du garage, raisonnablement ivre, faisant sauter la pomme dans ma main, sans oublier d'adresser un salut plein de condescendance aux duettistes du *valet service*. En repassant devant le strip-tease, je me rappelai que cela faisait longtemps que je n'avais pas eu d'activité sexuelle et je me promis d'y remédier prochainement.

17

Plus tard dans la soirée, alors qu'allongé sur mon lit, au Holloway, je regardais à la télévision *Deadliest Catch*, cette série à la fois captivante et fastidieuse sur la pêche au crabe royal dans la mer de Behring, on a frappé, ou plutôt gratté, à ma porte, et après un moment d'hésitation — je me souvenais d'autres séries, ou de films, dans lesquels tel client d'un motel aurait mieux fait d'y regarder à deux fois dans des circonstances comparables —, m'étant décidé à ouvrir je me suis retrouvé nez à nez avec une créature qui était en quelque sorte la réplique, ou le clone, de celle que quelques jours auparavant j'avais vue pénétrer dans le restaurant de Fred Segal : même gabarit, même fin visage encadré de cheveux châtains, même short minuscule, mêmes ballerines, à ce détail près que les siennes ne devaient pas coûter mille dollars la paire. Au lieu d'un petit sac Chanel, d'autre part, elle tenait coincé sous son bras un livre, chose inouïe, dont bien sûr je n'eus pas la présence d'esprit, ni d'ailleurs la possibilité matérielle, de regarder le titre ou le nom de l'auteur. Mais enfin cette créature merveilleuse et satanique — l'équivalent contemporain de ce qu'il y avait de plus irrésistible parmi les tentations auxquelles fut soumis saint Antoine — lisait un livre, ce qui, évidemment, la rendait encore mille fois plus mystérieuse et plus attirante. Avec un petit sourire en coin, non dénué de cette insolence qu'une toute jeune pute éprouve inévitablement en présence d'un type dans mon genre, elle me demanda si elle pouvait entrer, et moi je restai là, les bras ballants, le regard allant de son short minuscule à ses yeux dans lesquels je voyais briller des paillettes — encore le démon ! —, la gorge nouée, incapable d'émettre autre chose que des sons inarticulés dont je sentais qu'ils me rendaient ridicule. Au lieu de repousser fermement et dignement la tentation, et de l'éconduire avec un mot aimable, paternel, témoignant de mes scrupules moraux et de ma parfaite maîtrise de la situation, j'étais en train de calculer mentalement, je le dis à ma honte, l'âge probable de la gamine, et de le confronter à ce que je croyais savoir de l'âge légal pour ces sortes de choses en Californie. À vrai dire, je n'en avais aucune idée, ignorant même si dans cet État le simple fait d'accepter une proposition de ce genre, d'où qu'elle vînt, ne constituait pas un crime ou un délit. De son côté, la fille ne donnait encore aucun signe d'impatience, mais je sentais que ça n'allait pas durer éternellement. Un instant, j'imaginai la tête du colonel Otchakov, et de mes collègues des services, si je me retrouvais inculpé de viol sur mineure ou de quelque chose dans le même goût. (Je me souviens aussi de l'aspect rébarbatif des Twin Towers, telles que je les avais aperçues lors de ma promenade dans Vignes.) Je balbutiai une courte phrase d'excuse, inaudible, et probablement dépourvue de sens, puis je refermai la porte en m'efforçant d'imprimer à ce geste toute la douceur que j'aurais volontiers employée à d'autres choses. Par la suite, je me dis que j'aurais pu l'inviter du moins à regarder avec moi *Deadliest Catch*, ou un autre programme, assis au bord du lit et nous tenant la main, mais rien ne prouve qu'elle aurait accepté cette proposition, ni que son caractère innocent, et presque familial, m'aurait mis à l'abri d'une inculpation. Rarement je m'étais senti aussi mal : mais, je dois le préciser, c'était le regret de ne pas l'avoir accueillie qui me taraudait, plutôt que le remords d'avoir songé à le faire. Au bout d'un moment, n'y tenant plus, je suis sorti de ma chambre pour vérifier si elle était encore dans les parages, et là, depuis la coursive, au premier étage, j'ai vu que deux voitures de police, leurs rampes lumineuses allumées, étaient stationnées sur le parking, et que les flics étaient en train de s'entretenir avec le patron, ou le gérant, qu'ils avaient tiré de son lit, et qui serrait sur son cœur le petit chien doré — un Yorkshire ? — dont il ne se séparait jamais, même pour dormir. Survenant si peu de temps après la découverte du tract, il me sembla que cette irruption de la police, en pleine nuit, et consécutivement aux tentatives de la gamine pour s'introduire dans ma chambre, ne pouvait relever du hasard, et je me demandai à nouveau, mais avec plus de consistance que lorsque je disposais pour seul indice de la fiche de Tenley, si je ne venais pas d'échapper à un piège. Et ce sentiment devait encore se renforcer, bien que de manière plus confuse, et peut-être maladive, dans les jours qui suivirent.

À l'occasion du 1er Mai, des associations hispaniques, soutenues par la mairie, organisèrent une manifestation dans le centre-ville, sur Broadway, pour dénoncer les mesures prises par les autorités de l'Arizona contre l'immigration clandestine. Bien que n'ayant reçu à ce sujet aucune consigne de ma hiérarchie — à laquelle j'avais rendu compte de la découverte du tract et de la visite des flics, sans rentrer dans les détails de ce qui l'avait précédée —, j'ai décidé d'assister à ce rassemblement par curiosité, et aussi parce qu'il n'y avait rien de mieux à faire ce jour-là. Partie de l'intersection de Broadway avec Olympic, la manifestation a mis plusieurs heures pour atteindre son lieu de dispersion, à hauteur de l'Hôtel de ville, scandant sur son parcours des slogans tels que « Los inmigrantes son importantes ! » ou « Obama, escucha, estamos en la lucha ! », ce dernier, qui sonnait mieux, contenant d'autre part une

144

menace plus ou moins explicite à l'égard du président, dont les immigrants hispaniques estimaient qu'il leur devait en partie son élection. Le gros de la foule agitait des drapeaux américains et mexicains, en proportions égales, et d'autres emblèmes plus exotiques, tels que des portraits de Che Guevara ou des images de la Vierge de Guadalupe, les secondes en nombre sensiblement plus élevé que les premiers. (Lors d'une bousculade, une de ces images de la Vierge tomba sur la chaussée, et je me surpris à éprouver une crainte très vive à l'idée que quelqu'un pourrait marcher dessus, crainte que je n'aurais sans doute pas éprouvée dans le cas du Che, et d'autant moins fondée qu'aussitôt une petite fille s'était précipitée pour la ramasser.) Quant à moi, je suivais le cortège sans m'y mêler, sur le côté, m'efforçant de ne pas être happé par la foule et de conserver dans ce tumulte une certaine mobilité. Et c'est ainsi qu'après avoir esquivé de justesse un groupe d'adorateurs de Lyndon Larouche, le gauchiste antisémite, je ne pus éviter un autre groupe, composé cette fois de militants du Parti communiste révolutionnaire, dont je reçus un nouvel exemplaire de la harangue de Bob. Et le pire, c'est qu'ils y avaient joint un autre tract, dénonçant les conditions de détention « inhumaines » de certains de leurs camarades à la prison de Pelican Bay, et que si je devais subir un contrôle de police, comme je m'y attendais désormais à tout instant, la découverte sur moi de *deux* tracts émanant de ce groupuscule ne pourrait qu'aggraver mon cas, en me désignant sinon comme un sympathisant, au moins comme un collectionneur particulièrement zélé de leur littérature. De plus en plus oppressé, je tentai une manœuvre de dégagement latéral et m'engageai dans ce que l'on appelle ici une *alley* — une voie réservée aux véhicules de service — parallèle à Broadway. En m'y déplaçant parmi les poubelles, avec prudence, je tombai sur ce qui aurait pu apparaître comme une œuvre d'art non dénuée d'intentions subversives, et qui cependant relevait manifestement du hasard, mais d'un hasard tel qu'il ne s'en produit que rarement, heureusement, dirais-je, car il s'agissait d'un rat mort, ses babines retroussées découvrant de petites dents pointues, qui semblait enroulé, ou drapé, dans les plis d'une minuscule bannière étoilée que sans doute un enfant avait perdue, dans le cortège, et que le vent avait poussée jusque-là. Et qu'auraient pensé des policiers, me disais-je, qui m'auraient contrôlé à cet instant, debout au-dessus d'un rat mort ricanant dans les plis d'un drapeau américain, et les poches remplies de littérature révolutionnaire ? Sans doute était-ce moins grave que de circonvenir une mineure : mais, en dépit de ma complète innocence, si je devais être contrôlé dans cette situation, les services ne manqueraient pas de stigmatiser une fois de plus mon absence de professionnalisme, d'autant que par ailleurs je ne progressais qu'assez lentement, il faut en convenir, dans mes recherches relatives à Britney, et que je négligeais celles-ci de plus en plus, comme on le verra, au fur et à mesure que se développait mon intérêt pour Lindsay. (Tard dans la soirée du 1er Mai, c'est à bord du bus 704, en regardant la télévision, que j'ai appris la nouvelle — *breaking news* — de l'attentat manqué de Times Square : au cours des semaines suivantes, l'enquête révélerait notamment que l'auteur de cet attentat, un jeune homme d'origine pakistanaise, avait travaillé plusieurs années comme comptable chez Elizabeth Arden — la marque qui commercialisait le premier parfum créé par Britney Spears —, ce qui tendait à confirmer le bien-fondé de nos analyses et la pertinence de ma mission.)

18

« Pauvre Lindsay ! », « Pauvre Lindsay ! », se désole Shotemur, car je viens de lui raconter ce que le lecteur ne découvrira quant à lui qu'au chapitre suivant. (Shotemur est comme moi, il a tendance à se désintéresser, au moins momentanément, de Britney Spears, dont l'existence désormais trop rangée souffre de la comparaison avec celle, si mouvementée, de Lindsay Lohan.) D'autre part, et bien qu'il s'efforce de n'en rien laisser paraître, Shotemur est inquiet. Depuis qu'une vingtaine de militants islamistes se sont évadés, le 23 août, d'une prison de Douchanbé, à peine deux semaines après avoir été condamnés à de lourdes peines au terme d'un procès évidemment inique, les forces de sécurité sont sur les dents, et une nouvelle opération de grande envergure, impliquant différents corps de la police et de l'armée, est en cours dans la vallée de Racht, à l'ouest du Haut-Badakhchan. Et si nous nous rendons aujourd'hui à Douchanbé — par la route jusqu'à Khorog, puis en hélicoptère sur la seconde partie du trajet —, c'est afin que Shotemur puisse assister dans la capitale à une réunion du KGB, où il apprendra notamment, de ses chefs, quels mensonges il doit me servir au sujet de cette opération. Car tout cela n'est pas clair, il s'en faut de beaucoup. Officiellement, il s'agit de « combattre le trafic de drogue » et d'« éradiquer les cultures de pavot » : mais de mauvaises langues font observer qu'aucune plante de ce genre ne pousse dans la vallée de Racht, et que celle-ci se trouve à l'écart des routes généralement empruntées par la drogue en provenance de l'Afghanistan voisin. D'ailleurs, avant de lancer cette nouvelle offensive, les autorités, au risque de fragiliser l'argument relatif à la culture du pavot, ont insisté sur la menace que ferait peser sur la sécurité publique le retour dans la région, un an auparavant, d'Abdullo Rakhimov, dit « Mullo Abdullo ».

Le problème, avec Mullo Abdullo, c'est qu'on ne sait pas s'il existe, ou plutôt s'il est encore en vie. Tout ce que l'on sait avec certitude, au sujet de ce personnage semi-légendaire, c'est qu'il fut un des chefs militaires du parti islamiste lors de la guerre civile, et l'un de ceux qui refusèrent, en 1997, l'accord de paix mettant fin à celle-ci. Par la suite, on présume qu'il aurait rejoint le MIO (Mouvement islamique d'Ouzbékistan), qui regroupe des militants radicaux originaires de plusieurs pays d'Asie centrale. On présume aussi qu'il serait passé en Afghanistan, mais déjà les avis divergent sur le point de savoir si ç'aurait été pour combattre aux côtés du commandant Massoud, ou des talibans… Après l'invasion de l'Afghanistan, il aurait été détenu par les forces de la coalition, puis il aurait retrouvé la liberté, dont il aurait fait un mauvais usage en rejoignant les combattants islamistes de diverses nationalités réfugiés dans les zones tribales du Pakistan. Enfin l'an dernier, délogé des zones tribales par les frappes de plus en plus meurtrières des drones américains, et par l'hostilité de plus en plus marquée des populations autochtones vis-à-vis des combattants étrangers, il serait rentré au Tadjikistan, où il tiendrait le maquis, dans la vallée de Racht, avec une poignée de ses partisans. Tout cela, bien sûr, dans l'hypothèse où il serait encore vivant. L'année dernière, une opération militaro-policière du même type, dans la même région, s'est traduite par la mort, dans des circonstances particulièrement louches, d'un autre chef de guerre islamiste, Mirzo Ziyoev, lequel avait accepté, quant à lui, l'accord de paix de 1997, et avait même occupé quelque temps d'importantes fonctions officielles. Et de cet incident, comme de plusieurs autres, tel ce procès inique tenu au mois d'août à Douchanbé, est né le soupçon que le président Rakhmon tirait prétexte de la menace représentée par Mullo Abdullo, mort ou vif, pour éradiquer ce qui reste de l'opposition islamiste. Or quelle que soit la réalité de cette menace, ou des sombres desseins prêtés au président Rakhmon, il ne fait aucun doute que ce regain de tension va entraîner pour Shotemur, si éloigné qu'il soit encore du théâtre des opérations, toutes sortes de complications, et un risque accru de perdre sa place. Et c'est pourquoi il conduit nerveusement son vieux 4 × 4 de fabrication soviétique — un modèle d'une robustesse formidable, et d'un non moindre inconfort — alors que le jour se lève, et que dans la glorieuse lumière de l'aube, teignant de rose le versant oriental des pics qui nous surplombent, nous approchons du village d'Alichur. L'un des endroits les plus tristes du monde, ou les plus désolés, au moins de mon point de vue. De rares Kirghizes, coiffés de chapeaux pointus, errent parmi des maisons basses éparpillées dans la poussière, et qui pour certaines sont des yourtes. La yourte appelle le yack, et çà et là, en effet, se voient quelques-uns de ces animaux disgracieux. Ah ! voici même deux veaux — des yackots ? —, dont leur propriétaire, une relation de Shotemur, m'invite à flatter le museau. De joli, à Alichur, il n'y a guère que la mosquée, elle-même en forme de yourte, cantonnée de quatre tourelles, où Shotemur s'isole un moment pour faire ses dévotions. À l'heure où nous reprenons la route, il se met à neiger sur les collines, couvertes d'herbe rase, qui forment l'arrière-plan du village. Et lorsqu'un peu plus tard nous atteignons le point le plus élevé de cet itinéraire — le col de Koitezek, à 4 271 m d'altitude —, il y règne une confusion météorologique ménageant de prodigieux éclairages, sous lesquels la fourrure jaune orangé des marmottes bobac, abondantes en cette saison, semble fluorescente.

« Tu vois, fais-je remarquer à Shotemur, si vous n'aviez pas tout flingué, les marmottes vivraient dans la crainte des aigles, et elles ne se prélasseraient pas avec une telle insouciance à découvert. »

Le soir même, nous dînions à Douchanbé, sur l'avenue Rudaki, à la terrasse du Segafredo : peut-être le restaurant le plus chic de la capitale, sinon le plus cher, dans la mesure où il n'est fréquenté que par des expatriés, et par ceux des Tadjiks, surtout des filles, qui recherchent la compagnie de ces derniers. (Certaines de ces filles étaient jolies, parfois extrêmement, mais aucune n'était aussi séduisante, à mon avis, que cette serveuse ukrainienne du restaurant géorgien, le Tiflis, dans lequel nous devions dîner le lendemain.) Puis Shotemur voulut aller en boîte. Il disposait de plusieurs adresses — dont celle d'un établissement curieusement nommé Port-Saïd — que des collègues lui avaient indiquées. Je renâclais à le suivre. « Il y aura des putes », me fit-il observer. « Oui… » « Ça ne te dit rien ? » « Non, enfin, pas ce soir », répondis-je après un instant d'hésitation (je ne voulais pas que Shotemur me prît pour un pédé), « le voyage m'a fatigué ». Je décidai de rejoindre à pied l'hôtel Douchanbé, où nous étions logés, en suivant l'avenue Rudaki. À la nuit tombée, il y règne sous les platanes une fraîcheur bienvenue — dans la journée, la température descend rarement en dessous de 40 degrés —, dont profitent des groupes de promeneurs généralement masculins. Les privilégiés, et parmi eux les caïds de ce trafic que la police et l'armée sont supposées combattre dans la vallée de Racht, paradent au volant de gros 4 × 4 aux vitres fumées : les mêmes qu'à Hollywood, tant l'ostentation de la richesse, quelle que soit l'origine de celle-ci, ne dispose que d'un répertoire limité. L'hôtel Douchanbé donne sur la place Aïni, au bout de l'avenue Rudaki. Un peu plus loin se trouve la gare, un bâtiment de style soviétique tardif où il est toujours interdit de prendre des photographies, compte tenu probablement de son importance stratégique, et d'où partent trois fois par semaine des trains vétustes qui mettront plusieurs jours à atteindre Moscou, s'ils y parviennent, à travers le territoire d'au moins trois pays, également poussiéreux et déglingués, qui n'en formaient qu'un seul dans un passé récent. Devant l'hôtel, conçu dans un style voisin de celui de la gare et offrant un service à l'avenant, empreint de méfiance à l'égard des étrangers et de mauvaise volonté, devant l'hôtel, au centre de la place, se dresse un monument dédié au poète Aïni, que les Russes, lorsqu'ils étaient encore chez eux dans cette ville bâtie par leurs soins, désignaient volontiers comme « le Gorki tadjik » (c'est assez dire qu'ils n'avaient pas grand-chose à lui reprocher). La statue monumentale qui l'honore, environnée de fontaines jaillissantes, est cantonnée de groupes sculptés qui auraient certainement disparu si l'issue de la guerre civile avait été différente, dans la mesure où ils célèbrent la lutte menée par l'Armée rouge, dans les années vingt, contre les « basmatchis », les partisans musulmans qui donnèrent au pouvoir soviétique beaucoup de fil à retordre, avant d'être finalement repoussés — tel Mullo Abdullo ? — vers l'Afghanistan voisin. Tard dans la soirée, alors que par la fenêtre ouverte de ma chambre, dans une chaleur étouffante, je regardais la statue d'Aïni, et tout autour de celle-ci des enfants se baigner et laver leur linge dans l'eau des fontaines, Shotemur m'a appelé de la réception de l'hôtel pour me signaler qu'une bombe venait d'exploser dans la boîte de nuit où il s'était rendu après m'avoir quitté. Il n'y avait apparemment pas de morts, me dit-il, mais du sang partout, et un nombre indéterminé de blessés. Lui-même avait une petite éraflure sur la tempe, une jambe de son pantalon avait partiellement brûlé — comme il arrive à des personnages de bandes dessinées dans des circonstances comparables —, et il souffrait de troubles auditifs passagers.

19

Dans un portrait publié en octobre 2010 par le magazine *Vanity Fair*, la journaliste Nancy Jo Sales relève que de Lindsay Lohan, beaucoup de ceux qui l'ont côtoyée lors de ses débuts à Los Angeles, en 2004, soulignent combien alors elle était douce : « "Douce", insiste la journaliste, est le mot qui revient le plus souvent dans la bouche des gens pour la décrire. »

« Et puis, au bout de deux ans — confie sous le sceau de l'anonymat un ancien petit ami de l'actrice cité par Nancy Jo Sales —, les choses ont commencé à changer. » « L'ombre le disputait à la lumière, jusqu'à ce que celle-ci disparaisse presque complètement... Un peu comme si son âme s'était perdue en chemin, et qu'elle était devenue sa propre ennemie. »

Il arrive cependant que Lindsay, qui n'est tout de même âgée que de vingt-quatre ans, s'efforce de renouer avec cette image de jeune femme douce, et dénuée de pose, dont se souviennent ceux qui l'ont connue autrefois. Par exemple en militant — ponctuellement — contre l'exploitation des enfants dans des usines indiennes. Ou, plus humblement, en conviant des paparazzis à la filmer dans l'exercice d'activités innocentes et banales (bien qu'éventuellement rémunérées), telles que la préparation de milk-shakes : tant il est vrai que la crème glacée est décidément l'une des espèces sous lesquelles les stars communient le plus volontiers avec leur public. La mise en ligne de la vidéo montrant Lindsay, de concert avec sa petite sœur Ali, l'une et l'autre vêtues de longs tabliers noirs, et les mains gantées de matière plastique translucide, en train de préparer des milk-shakes, avec la même simplicité, la même aisance, que Britney Spears aux prises avec son yaourt, cette mise en ligne survient peu de temps après le scandale, d'ailleurs limité, causé par la visite du père Lohan, accompagné de la police, au domicile de sa fille. La scène, filmée par des dizaines de paparazzis — il s'agit clairement d'un *set-up* —, se déroule dans la boutique Millions of Milkshakes située sur Santa Monica presque en face du Santa Palm Car Wash, ce dernier étant à la toilette des automobiles ce que Hollyway Cleaners est à celle des vêtements (compter 40 dollars — très exactement 39 dollars et 99 cents — pour la prestation la plus chère, « Express Detail and Wash Special », avec polissage à la main de la carrosserie et des chromes). La boutique fait partie d'une chaîne appartenant à un jeune entrepreneur britannique d'origine pakistanaise,

Sheeraz Hasan, qui, parmi d'autres grands desseins, prétend vouloir réconcilier l'islam et l'Amérique, par des voies — le commerce de milk-shakes étant l'une des moindres — dont il est douteux qu'elles recueillent l'adhésion de beaucoup de fidèles du premier. Quant aux efforts que déploie Lindsay pour paraître normale, et gentille — une grande sœur attentive consommant des produits lactés —, il en faudrait beaucoup plus pour désarmer la malveillance de la presse spécialisée. Le jour même où cette vidéo est mise en ligne, tel ou tel site se fait l'écho d'une rumeur selon laquelle, à l'âge de dix-sept ans, elle se serait envoyée en l'air avec un certain Tommy Mottola, ce qui — ne me demandez pas pourquoi — serait de nature à nuire gravement à sa réputation. Un autre site, ou le même, affirme qu'après que Samantha Ronson, son ex-petite amie, lui eut craché au visage, dans un club new-yorkais où sans doute elle mixait, car Samantha Ronson est DJ, Lindsay lui aurait lancé un verre à la figure. Peu après, elle se serait fait refouler à l'entrée de Drai's, le club de l'hôtel W, qui est momentanément l'endroit le mieux fréquenté de Hollywood (le plus *hype*). Ou elle aurait échangé des insultes, au Chateau Marmont, avec la chanteuse canadienne Avril Lavigne. La plupart du temps, ces informations sont présentées au conditionnel, voire aussitôt démenties, mais le rythme auquel elles se succèdent n'en réussit pas moins à donner de Lindsay l'image d'une épave — *train wreck* — vindicative et rabrouée, titubant sous l'emprise de toxiques divers, dont la chute imminente est guettée jour après jour dans de véritables transports de volupté. Le 4 mai, quelques heures seulement après voir quitté le Bar Marmont (d'après le site Hollyscoop), en compagnie de sa mère, Dina, dont la réputation de fêtarde est bien établie, Lindsay est attendue chez un attorney de Venice qui doit l'entendre au sujet de sa fameuse équipée automobile sur la PCH, en 2007, dans laquelle les trois occupants légitimes du véhicule auraient été entraînés contre leur gré.

Lorsque dans un demi-sommeil, en ouvrant mon ordinateur, je suis tombé sur les images de Lindsay arrivant à Venice chez l'attorney, elles m'ont paru tout d'abord marquées du sceau de cette irréalité, ou de cette inconsistance, qui caractérise tout ce qui me parvient par ce canal. Et il a fallu que Fuck m'appelle — nous devions nous revoir le même jour —, et me confirme au téléphone que Lindsay était en train de déposer devant cet attorney, et qu'elle y resterait vraisemblablement plusieurs heures, pour que s'éveille en moi le sentiment qu'il s'agissait d'une chose réelle, tangible, et consécutivement le désir d'y aller voir : ce que Lindsay fait aujourd'hui, me disais-je, Britney l'a fait dans le passé, et il se peut qu'elle y retourne dans l'avenir, de telle sorte qu'en m'intéressant à l'actualité de Lindsay je ne m'écarte qu'en apparence de la mission qui m'a été confiée.

(D'ailleurs ce n'était tout de même pas de ma faute si Britney, ces temps-ci, faisait aussi peu parler d'elle.)

À Venice, le bureau de l'attorney est situé dans un bâtiment bleu, de peu de hauteur, sur Park Avenue, une artère perpendiculaire à la plage que l'on distingue à l'arrière-plan, avec ses parasols et ses inévitables palmiers. Une partie du périmètre est bouclée par le service d'ordre de Lindsay, ou plutôt par celui que Sheeraz, le vendeur de milk-shakes qui se propose de réconcilier l'Amérique avec l'islam, met à sa disposition. Le long de Pacific Avenue, au niveau de son intersection avec Park, stationne une longue file de véhicules appartenant également à Sheeraz, comme l'atteste la présence de son nom sur les plaques d'immatriculation de certains d'entre eux, et parmi lesquels on reconnaît successivement un Nissan Pathfinder — c'est un véhicule de ce type qu'a utilisé trois jours auparavant l'apprenti terroriste de Times Square —, un Toyota Runner, une Cadillac Escalade, un cabriolet BMW et une Jaguar. À la lisière du périmètre sécurisé — quelques dizaines de mètres carrés, tout au plus — se tient d'un côté, sagement alignée, la meute des paparazzis, vêtus comme des gueux, mêlés à des journalistes de télévision un peu mieux habillés, et perpendiculairement à ceux-ci une foule régulièrement croissante de badauds, venus pour la plupart de la plage toute proche, et présentant un échantillon si bien dosé de tout ce que l'on s'attend à rencontrer à Venice Beach — jeunes gens bronzés, pauvres hères, culturistes à demi nus et faisant saillir leurs muscles, skaters avec leur planche sous le bras, promeneurs de chiens, poète noir ambulant vendant ses vers à la sauvette, crieurs de « marijuana médicale » (« The Doctor is in ! »), vieux Hell's Angel descendu de sa Harley-Davidson et vêtu de cuir élimé — que c'est à se demander s'il n'a pas été composé à dessein, peut-être en prévision du tournage d'un clip, plutôt que rassemblé par le hasard. À l'intérieur du périmètre évolue un garde du corps noir portant un costume sombre, un fil entortillé lui sortant d'une oreille, et, agissant de concert avec lui, un petit homme que sa calotte et sa barbe désignent comme un Juif pieux — bien qu'il présente d'autre part une ressemblance saisissante avec Ahmadinejad, le président iranien —, l'un et l'autre se déplaçant constamment, entre la porte du cabinet de l'attorney et la file des véhicules en stationnement, se concertant, adressant aux paparazzis ou aux curieux des injonctions contradictoires, feignant la plus grande agitation puis retrouvant leur calme, tout cela, sans doute, afin de préserver au fil des heures, dont six se sont déjà écoulées depuis l'arrivée de Lindsay, l'illusion qu'il peut à tout moment se passer quelque chose. Vers 5 heures du soir (l'heure de la blessure mortelle reçue par Ignacio Sánchez Mejías dans l'arène de Manzanares), tandis que la brume se lève, estompant sur le front de mer la silhouette des palmiers, le grand Noir et le petit Juif orchestrent un regain d'agitation, les paparazzis se ruent en avant, puis reculent, avancent de nouveau, les badauds se reprennent à espérer, d'autant que le chauffeur de l'Escalade — un jeune homme si chic qu'il pourrait passer lui-même pour une star, avec ses dreadlocks et ses bracelets, ses tatouages et ses lunettes noires — vient de sortir du bâtiment, par une porte dérobée, tenant un sac à main dont tout indique qu'il ne lui appartient pas, mais peut-être à Lindsay, puis de déposer celui-ci sur le siège passager de son véhicule, lequel s'est auparavant décalé, dans la file, pour venir occuper la position la plus proche de l'entrée du cabinet. Cette fois, on sent qu'il va *réellement* se passer quelque chose. Et lorsque le gardien du Beach Parking, un Mexicain, portant ses clés en sautoir, vient signaler en espagnol, et en se tordant de rire, qu'il va bientôt fermer sa boutique, et qu'aucun des véhicules stationnés à l'intérieur ne pourra plus ressortir, il ne se trouve qu'un seul paparazzi — celui qui est toujours accompagné d'un chien — pour abandonner son poste, brièvement, afin de récupérer sa voiture. Enfin, quelques minutes après 5 heures, une élégante silhouette vêtue de gris souris, bien plus frêle que je ne l'avais imaginée, se profile dans l'encadrement de la porte du cabinet : les paparazzis enfreignent derechef, comme un seul homme, les limites qu'ils s'étaient engagés à respecter, et Lindsay Lohan, gênée par sa jupe étroite et ses hauts talons, protégée par le garde du corps noir à oreillette et dans une moindre mesure par le petit Juif à calotte, le sosie d'Ahmadinejad, se fraie à travers la foule, sans regarder quiconque, sans répondre aux questions généralement malveillantes — « Quand vas-tu entrer en réhab ? » — dont elle est assaillie, un chemin jusqu'à la portière ouverte de l'Escalade qui démarre aussitôt, en trombe, entraînant dans son sillage tous les autres véhicules du convoi.

Ce soir-là, après avoir dîné seul — Fuck m'ayant posé un lapin — dans le patio de Palli House, ayant auparavant éprouvé pour la fille qui plaçait les clients (et qui en dehors de son service faisait de la photographie, quand elle ne se présentait pas à des castings) un désir si soudain, et si ardent, que j'avais dû, pour rejoindre la table qu'elle venait de m'attribuer, adopter bien malgré moi une démarche guindée évoquant malencontreusement le pas de l'oie, ce soir-là, de retour au Holloway, m'étant alité sans plus tarder, épuisé par les émotions de la journée, mon sommeil fut troublé par le rêve suivant. Je conduisais — ainsi étais-je assuré qu'il s'agissait bien d'un rêve —, de nuit, sur l'une des sections les plus sombres de Sunset Boulevard, lorsque la voiture roulant devant moi, une Cadillac Escalade, quittait brusquement la chaussée, allait s'écraser contre un arbre et prenait feu (aussi soudainement, et violemment, que je m'étais enflammé tout à l'heure pour la placeuse de Palli House). Je me rangeai sur le bas-côté de la route pour m'approcher à pied du véhicule en train de brûler, dont je constatai que le chauffeur était mort et déjà partiellement rôti. Mais alors que je m'apprêtais à composer le numéro de la police, j'entendis quelqu'un gémir et demander de l'aide, à l'arrière de la voiture, et, n'écoutant que mon courage — car j'étais paré dans ce rêve de qualités que je ne présente pas nécessairement dans le monde réel —, je m'élançai au milieu des flammes afin de secourir ce passager. Et lorsque je parvins jusqu'à lui, je découvris avec stupeur, et avec ravissement, ce que le lecteur, de son côté, pressent depuis le début de ce récit : car le passager, bien sûr, n'était autre que Lindsay Lohan, à demi assommée par le choc, et son polo blanc (Bottega Veneta) moucheté de gouttelettes de sang, mais bien vivante, et s'accrochant à moi, de ses deux bras passés autour de mon cou, avec une telle énergie que je me retrouvai bientôt couché sur elle. Dans la mesure où la voiture était en flammes, une telle position ne présentait pas que des avantages : c'est pourquoi je m'arrachai à cette étreinte, sans desserrer toutefois les deux bras de Lindsay noués autour de mon cou, pour l'extraire de l'épave brûlante et la déposer un peu plus loin sur un tapis de mousse. Désormais, me disais-je, elle ressemblait parfaitement à Blanche-Neige, avec son visage d'une pâleur mortelle, et moi-même, par la force des choses, au Prince Charmant. Cependant Lindsay roulait des yeux (ses yeux d'un vert liquide) et me désignait d'un doigt tremblant la voiture en train de brûler, m'invitant apparemment à y retourner, au péril de ma vie, et je pensais tout d'abord que c'était pour secourir le chauffeur qu'elle voulait me renvoyer dans la fournaise, mais elle secoua négativement la tête, avant même que j'aie pu lui préciser qu'il était mort, et balbutia quelques mots d'où il ressortait que c'était surtout pour ses chaussures — des Louboutin ? — et son sac Chanel qu'elle s'inquiétait, au point qu'elle ne cessa de geindre, et de s'agiter, que quand je les lui eus rapportés. Puis, pendant un long moment, il ne se passa rien (si ce n'est que Lindsay, s'étant emparée avec autorité d'une de mes mains, l'avait glissée sous son polo et la pressait alternativement sur ses deux seins), la voiture à quelque distance achevait de se consumer, et, quant à moi, j'étais au comble du bonheur. Le rêve prenait fin alors que des sirènes de police se faisaient entendre dans le lointain.

20

Le lendemain de l'audition de Lindsay, un chien habitant la périphérie de Los Angeles a été décoré pour avoir défendu son maître contre un coyote qui s'était introduit dans le jardin. L'article qui rapporte ce fait divers, dans le *Los Angeles Times*, ne précise pas si le chien a survécu (peut-être l'a-t-on décoré à titre posthume), ni ce qu'il est advenu du coyote. De mon côté, avant même de prendre un petit déjeuner (et, le moment venu, ce serait comme d'habitude au IHOP), je me suis précipité sur Internet pour retrouver la vidéo, que j'avais déjà vue la veille, d'une séance de pose à laquelle Lindsay Lohan s'était prêtée récemment dans le studio du photographe Tyler Shields. Ce Tyler Shields, qui s'efforcera quelques mois plus tard d'accroître sa notoriété en se privant de sommeil pendant quarante jours, dit de l'actrice qu'elle est « un grand amateur d'art », à commencer naturellement par le sien. Quant à la série de photos, pour laquelle Lindsay, qui parfois ne recule pas devant une petite touche de vulgarité, a posé en sous-vêtements noirs, bas noirs à haut de dentelle et talons aiguilles, elle s'inscrit, pour ce qui la concerne, dans la perspective ambitieuse — et inévitablement présentée par la plupart des médias spécialisés, tablant sur sa chute imminente, comme risible ou désespérée — de décrocher le rôle de Linda Lovelace, star et martyre du cinéma pornographique, dans un film — un *biopic* — retraçant la vie de celle-ci. Au moment même où elle est mise en ligne — et on y voit Lindsay, vêtue comme il est dit plus haut, gesticuler, un pistolet de gros calibre à la main, dans un environnement souillé par des traînées de sang —, la vidéo est présentée comme devant entraîner un scandale : espoir évidemment vain, et dont l'artiste lui-même n'est pas dupe — il sait bien que la scène sur laquelle il s'agite en a vu d'autres — mais qui assure à cette performance assez banale un léger surcroît de retentissement médiatique. En consultant le site de Tyler Shields, d'autre part, je crois comprendre que les photographies de Lindsay réalisées dans cette circonstance sont d'ores et déjà exposées dans une galerie située sur South Santa Fe, dans un quartier relativement excentré de Los Angeles, et je décide de m'y rendre aussitôt.

Pour rejoindre Santa Fe au niveau où devrait se trouver la galerie, je dois, depuis Downtown, emprunter la 8e Rue en direction de l'est. Et là, entre Hill et Broadway, à la hauteur exactement du numéro 312 de la 8ᵉ, je vois pendre sur la façade d'un immeuble un drapeau rouge, et je découvre au rez-de-chaussée cette librairie du Parti communiste révolutionnaire dont j'avais négligé de relever l'adresse. J'y entre, par curiosité — tout en sachant que je ne devrais pas le faire, tant parce que cette librairie est vraisemblablement sous surveillance que parce qu'il s'y trouvera nécessairement quelqu'un pour entreprendre de me convertir, et dont j'aurai toutes les peines du monde à me défaire —, et j'y suis accueilli — « Welcome to the Revolution ! » — par un vieux cinglé d'allure plutôt sympathique — c'est plus souvent le cas chez les militants communistes, il faut en convenir, que chez les prédicateurs pentecôtistes —, et présentant d'ailleurs une certaine ressemblance avec le poète Allen Ginsberg. Dès que le type commence à me prendre le chou, comme je l'avais prévu, je l'interromps, en français, pour lui assurer que je ne parle pas son idiome. Ah ! mais voici que l'hurluberlu, qui a séjourné à Paris, me répond justement dans le mien, et sans trop d'accent par surcroît. « Niet ! » je lui rétorque aussitôt, « Nie ponimaïou ! Russian ! Nie kourit ! », « Kaputt ! » ajoutai-je à tout hasard, « Very sick ! Influenza ! », et je fais le geste de me moucher. Le pseudo-Ginsberg n'insiste pas. Navré de l'avoir vexé, je n'en profite pas moins de ce que je suis dans la boutique pour jeter un œil sur la marchandise exposée, constatant combien les communistes ont changé, depuis ma jeunesse, au point d'en être réduits à vendre de la littérature féministe ou écologique, à côté d'ouvrages favorables aux Palestiniens, de classiques du marxisme-léninisme et, inévitablement, des œuvres complètes d'Avakian. Parmi les produits dérivés, je remarque un t-shirt imprimé, avec la mention « Atheist ! », un autre avec celle-ci : « Away with all gods ! », et je suis en train de me demander si je ne vais pas en acheter un, pour l'offrir à Britney, ou à Lindsay, si une occasion se présentait, lorsque dans l'arrière-boutique il me semble apercevoir la silhouette de Fuck, ou d'un homme qui lui ressemble étrangement, et dont tout indique qu'il n'a trouvé refuge dans ce local que pour se soustraire à ma vue. Certes, l'histoire de Rothko m'avait fait soupçonner chez Fuck quelque chose de ce genre, mais tout de même pas à ce point. Car pour se réfugier dans l'arrière-boutique, si c'est bien de lui qu'il s'agit, il faut qu'il soit un habitué de la librairie...

Ainsi voguaient mes pensées, par la suite, pensées dans lesquelles je m'absorbai à tel point — si Fuck était communiste, en dehors même de la bizarrerie d'une telle hypothèse, dans quelle mesure pouvait-il coopérer de bonne foi avec les services ? — que je finis par me perdre. Au début, tout se passa bien, c'est-à-dire conformément au plan que j'avais arrêté. Les distances me paraissaient considérablement plus longues que je ne l'avais imaginé, mais du moins les intersections se succédaient-elles à peu près dans l'ordre prévu. Au-delà de San Pedro, on passait d'un quartier résidentiel, ou mixte, à un quartier d'entrepôts, relativement désert et sinistre, avec ses camions en mouvement, ses trottoirs poussiéreux zébrés de traînées de pisse et ses longs murs couverts de tags ou de graffs. Mais ce n'était qu'après Central que les choses se gâtaient vraiment, la 8e Rue, passé cette intersection, s'interrompant, ou se perdant plutôt au milieu d'une zone de fret dans laquelle j'errai longuement, avec le sentiment de plus en plus marqué d'avoir enfreint à un moment quelconque une interdiction que quelqu'un allait bientôt se charger de me rappeler vertement. Et peut-être les choses se seraient-elles passées de la sorte, si cette zone de fret, inexplicablement, n'avait été dénuée de toute activité, ce qui me faisait craindre, pour le coup, d'y tomber à l'improviste sur un campement de sans-logis, ou sur les membres d'un gang en train de se partager le butin d'un casse. Lorsque enfin j'en eus trouvé la sortie, après avoir tourné en rond, je ne savais plus du tout où j'étais, et c'est au hasard que j'ai pris Alameda, sur la droite, puis sur la gauche une rue sans nom — peut-être Damon ? —, pensant rejoindre ainsi Santa Fe. Successivement je franchis de plain-pied une voie ferrée, sur laquelle évoluait lentement, mais à grand son de trompe, un train de marchandises, je passai à deux reprises, ce qui en faisait au moins une de trop, sous une autoroute urbaine qui devait être Santa Monica Freeway, dans le soubassement de laquelle se voyaient les signes habituels — vieux matelas, caddies de supermarché — d'une présence humaine fantomatique, je longeai sur plusieurs centaines de mètres le mur rose fuchsia de ce qui me parut être une usine, et je me retrouvai finalement sur Olympic au pied d'un établissement du nom de Rhino Gentlemen's Club, apparemment inactif, à cette heure de la journée, surmonté par des images géantes de filles à poil. À partir de là, tout est rentré dans l'ordre : si ce n'est qu'il n'y avait aucune galerie d'art au numéro de Santa Fe — le 1018 — que j'avais trouvé sur Internet, mais seulement, au milieu d'un mur de briques, une porte métallique fermée au cadenas et flanquée d'une sonnette hors d'usage. Un peu plus loin Santa Fe croisait la 7e Rue, et je pris celle-ci sur la droite jusqu'au pont enjambant la rivière. C'était la deuxième fois que je la voyais d'aussi près. Elle n'avait guère changé, depuis la précédente, sinon que son débit, me sembla-t-il, avait encore diminué, ce qui faisait ressortir les proportions formidables de l'auge de béton, couverte de peintures rupestres, dans laquelle elle s'écoulait, bordée de voies ferrées, et de ces pylônes métalliques, supportant des lignes à haute tension, entre lesquels poussaient à intervalles irréguliers des palmiers velus du tronc et d'une hauteur remarquable. Au loin, des hélicoptères, peut-être une demi-douzaine, se maintenaient en vol stationnaire au-dessus d'une freeway, sur laquelle, comme je devais l'apprendre un peu plus tard, un transporteur de bétail, en se renversant, venait de provoquer un carambolage gigantesque, répandant pas moins de soixante-dix vaches sur la chaussée.

21

Parfois, je souffrais de mélancolie (il arrivait même que j'éprouve du regret d'avoir abandonné mon chat), et, dans ces moments-là, il fallait que je marche interminablement, pour retrouver une humeur égale, dans cette ville où ça ne se fait pas. C'est ainsi qu'un après-midi, après avoir gravi à pied, jusqu'à Mulholland Drive, l'escarpement de Runyon Canyon, je redescendis par une autre voie vers Hollywood Boulevard, et empruntai celui-ci jusqu'à Western avant de revenir sur mes pas. À hauteur du Chinese Theater, devant lequel quelques acteurs ont eu le privilège d'imprimer dans du ciment frais les empreintes de leurs mains et de leurs pieds (mais je m'en foutais), je tombai sur un groupe de ces sosies de stars, plus ou moins ressemblants, qui font souvent preuve d'une telle agressivité commerciale, pour convaincre les touristes de se faire photographier à leurs côtés, que la police doit les interpeller et les mettre quelque temps à refroidir. Dans le lot, il y avait ce jour-là une pseudo-Britney bien plus jolie que l'original, ne serait-ce que dans la mesure où elle avait pris pour modèle la chanteuse de « Breathe on Me », ou de « Touch of My Hand », plutôt que la personne un peu bouffie, et dodue, que celle-ci était devenue entre-temps. J'engageai la conversation avec elle, en dépit des regards incendiaires que me lançait un pseudo-Johnny Depp, accoutré en pirate des Caraïbes, qui devait être son petit ami, ou son mac, et c'est ainsi que, de fil en aiguille, j'appris qu'elle s'appelait Wendy (ou qu'elle prétendait s'appeler ainsi, car notre intimité croissante n'avait tout de même pas atteint déjà un tel degré qu'elle pût se présenter à moi autrement que sous un pseudonyme), qu'elle était en réalité brune, ou châtain, et qu'elle n'avait émigré de son pays d'origine, en Europe de l'Est, qu'environ six mois auparavant. Sans doute sa situation aux États-Unis était-elle irrégulière, outre que d'autres aspects de sa personnalité, ou de ses activités, la mettaient à la merci de pressions policières éventuellement préjudiciables à mes propres intérêts : mais tout cela ne devait altérer en rien, par la suite, l'enthousiasme qu'elle m'avait inspiré d'entrée de jeu. Car Wendy était une fille irrésistible. Je ne la décrirai pas, ou très peu — j'aurais le sentiment de trahir quelque chose —, et il faudra par conséquent que le lecteur me croie sur parole, et qu'il prête à Wendy, selon sa fantaisie, les traits que doit revêtir à ses yeux une fille irrésistible, sachant toutefois qu'elle a les cheveux châtains, un regard écarquillé (comme un personnage de dessin animé), et qu'elle présente une vague ressemblance avec Britney Spears. À vrai dire, elle me plut si vivement, lors de cette première rencontre, que, après avoir espéré que nous irions aussitôt baiser dans le motel le plus proche, j'en vins à souhaiter au contraire que nous différions quelque temps cette issue, afin de mieux nous connaître, et qu'elle soit convaincue que mon désir, si impérieux qu'il fût, n'était en rien comparable à celui que m'aurait inspiré une autre pute. (Wendy elle-même était une pute, bien entendu, ou du moins se prostituait, et ce n'était d'ailleurs qu'à ce titre, tout d'abord, qu'elle avait répondu à mes avances.) Mais le mal était fait, en quelque sorte (encore que le mal me semble complètement étranger à tout ce qui concerne Wendy), et nous avons baisé, vite et gauchement, dans un motel que j'avais depuis longtemps repéré, en haut de La Brea, parce que son allure louche — « Free color TV ! Jacuzzi ! Exquisitely furnished ! Connecting rooms available ! » — le désignait comme un endroit propice aux ébats d'un couple illégitime. (Aujourd'hui, ce motel minable, avec ses chambres sonores et mal éclairées, sentant le tabac et le renfermé, m'apparaît à distance comme un des lieux les plus charmants de la Terre, et même, à vrai dire, comme une sorte de paradis perdu.) Wendy était drôle, aussi, en plus d'être jolie : il convient de préciser cela d'entrée de jeu, faute de quoi on pourrait ne pas comprendre qu'elle m'ait inspiré aussitôt des sentiments de cette nature. Le problème, évidemment, qui fit que pendant les semaines qui suivirent nous ne nous vîmes pas aussi souvent que nous l'aurions souhaité (ou que *je* l'aurais souhaité), c'était son mac, le pseudo-Johnny Depp, qui était aussi, et comme je l'avais présumé, son petit ami, auquel je suis obligé de reconnaître, quoi qu'il m'en coûte, qu'elle était assez attachée, tandis que, de mon côté, j'aurais volontiers payé quelqu'un pour en être débarrassé.

La première fois, cependant, je parvins à la garder avec moi toute la soirée, et encore une partie de la nuit, et j'en profitai pour l'emmener dans la seule mondanité à laquelle je devais être convié pendant toute la durée de mon séjour à Los Angeles. C'était à l'hôtel Standard, sur Sunset, et il s'agissait du vernissage de la boule blanche qu'un artiste d'origine italienne avait collée sur le toit de cet établissement, et qui s'allumait, en toute simplicité, quand il était en ville, tandis qu'elle s'éteignait quand il en était éloigné. Qu'une foutrerie de ce genre puisse être considérée comme une œuvre d'art, cela faisait rire Wendy aux larmes, et moi aussi. Lorsque nous sommes arrivés au Standard, vers 20 heures, la salle où devaient être reçus les invités n'était pas encore ouverte, et nous avons poireauté quelque temps dans le hall. Derrière la réception, une fille longiligne, vêtue d'une culotte et d'un t-shirt blancs, était exposée dans une cage de verre où elle se tenait allongée, en appui sur un coude, et feignant de lire (mais elle soutint mon regard, sans aucune gêne, lorsqu'il croisa le sien). Puis la première invitée est arrivée, et c'était une vieille dame, mal fago-tée, qui avait enseigné la danse dans l'école où l'artiste avait fait ses études, et lorsque celui-ci, survenu entre-temps, l'a reconnue, il lui a pro-digué de telles marques d'affection, en dépit de son âge, et de son apparente modestie, que l'idée m'a effleuré que ce type n'était peut-être pas aussi bête, après tout, ni vaniteux, que son œuvre inaugurée ce même soir me l'avait fait supposer. (Comme il est de règle, mon amour naissant pour Wendy imprimait une certaine souplesse, voire une certaine laxité, à mes juge-ments moraux habituellement plus abrupts.) En sortant du Standard, nous avons pris un taxi (je me sentais tout à coup d'une folle prodiga-lité) pour aller dîner chez Katsuya, ce restau-rant japonais dont j'avais cru comprendre, à la lecture de la presse spécialisée, qu'il était un des plus chers de Hollywood. Et quoi qu'il en soit, à peine y étions-nous installés que nous avons vu entrer Kim Kardashian, précédée de cette fabuleuse poitrine que l'on soupçonnait d'être fausse, au bras d'un Noir à la carrure athlétique qui était peut-être un rappeur, mais pas celui avec lequel elle avait enregistré cette *sex-tape* qui l'avait rendue célèbre du jour au lendemain, et cela nous a fait rire, de nouveau, Wendy et moi, parce que juste avant de quitter le motel nous avions regardé quelques minutes, à la télévision, de la série *Keeping up with the Kardashians*, dans laquelle Kim se rendait chez un vétérinaire et pleurait à chaudes larmes sur la mort annoncée de son petit chien. Puis nous étions retournés au motel, et c'était là, peu avant que nous nous séparions, au milieu de la nuit, que Wendy m'avait raconté l'histoire de Raven, de son vrai nom Alyssa Gomez, une gamine, toxicomane et prostituée, qui vivait à Hollywood dans la rue, et qui, le 4 juin 2007, s'était fait étrangler dans un motel de Silver Lake. Le procès de son assassin, un certain Gilton Pitre, devait avoir lieu ces jours-ci, et c'est dans le journal que Wendy avait découvert cette histoire, puisqu'elle-même n'était à Hollywood que depuis trop peu de temps pour avoir connu Alyssa. Quelques jours avant le meurtre, Pitre, un type dont le visage était en partie recouvert par un tatouage représentant un tigre, était sorti de prison où il venait de purger sa troisième peine, cette fois pour avoir vendu de la marijuana, les deux précédentes lui ayant été infligées pour un cambriolage et pour un viol. Il avait dragué Alyssa, sur Hollywood Boulevard, au volant de sa Cadillac Seville, puis l'avait entraînée à l'Olive Motel où il l'avait étranglée, après l'avoir baisée, dans la chambre numéro 5, avant d'abandonner son corps parmi les poubelles, dans une *alley*. Pitre avait été arrêté quarante-cinq jours plus tard, puis confondu par son ADN, et par les images d'une caméra de surveillance sur lesquelles on le voyait sortir de la chambre numéro 5 du motel Olive, le 4 juin 2007, vers 4 heures du matin, portant sur son dos un corps enveloppé grossièrement dans un couvre-lit.

« Et toi, demandai-je à Wendy, est-ce qu'une chose du même genre ne risque pas de t'arriver ?

— Non, me dit-elle, parce que "Johnny Depp" me protège !

— Ah oui, fis-je, il te protège ! » (Je m'efforçai de prendre un air sarcastique.)

« Eh bien quoi, reprit-elle, agacée, oui, il me protège... Ce n'est pas comme toi — mais, en disant cela, elle m'adressait un sourire qui démentait en partie la méchanceté du propos —, c'est un vrai dur, même les types des gangs se tiennent à carreau avec lui !

— Peut-être, insistai-je, mais, même à supposer que ce soit vrai, ça ne te met pas à l'abri d'un psychopathe dans le genre de ce Gilton Pitre.

— Tu crois vraiment que je serais assez conne pour suivre un type qui porterait un tigre tatoué sur le visage ?

— Malheureusement, ils n'ont pas toujours un tigre tatoué sur le visage... »

Ah ! je m'en faisais, du souci, et de plus en plus, inévitablement, au fur et à mesure que se rapprochait l'heure de notre séparation, dont je ne savais même pas, à ce stade, si je devais l'envisager comme définitive. Pour me changer les idées, je lui fis la lecture d'un livre sur Marilyn — *Dernières séances*, de Michel Schneider — que je venais de terminer, à l'occasion d'une halte lors de ma célèbre ascension de Runyon Canyon, et que je trimballais encore dans ma poche.

« Écoute, petite !

« *Los Angeles*, commençai-je, *restera la ville où l'on brûle, où l'on flambe, où le soleil accable tout de sa lumière droite et terrible, et fait des rues et des maisons un miroitement plat de mirage...* »

Je m'interrompis un instant pour juger de l'effet produit, puis, estimant que ça marchait, je repris :

« *Comme l'idée de l'éternité ôte le sommeil à celui qui s'en obsède, le ciel californien donne trop de lumière aux paysages urbains, et trop peu d'ombre aux âmes qui voudraient y errer.*

« Pas mal, non ?

— Oui, dit-elle, la littérature, c'est tout de même autre chose que cette boule blanche qui s'allume lorsque l'artiste est en ville... »

22

« *Quand tu partis, Yvonne, j'allai à Oaxaca* »...

Et comme je me sentais justement, après le départ de Wendy, dans les mêmes dispositions que le Consul, au moment où il écrit cette lettre qu'il n'enverra jamais, je décidai de ne pas rentrer chez moi, au Holloway, et d'attendre le premier bus *east-bound* qui se présenterait sur Sunset afin de me rendre en ville. Et si j'ai cité Malcolm Lowry, ce n'est pas par pure coquetterie, mais bien parce que Fuck, dont j'ai déjà relevé les penchants romanesques, si contradictoires avec le métier qu'il exerçait, m'avait signalé, lors de notre dernier entretien, que l'auteur d'*Au-dessous du volcan* avait écrit une grande partie de ce livre ici même, à Los Angeles, et plus précisément dans un hôtel que j'avais repéré sur un plan et dont il me semblait, après ces quelques heures passées avec Wendy, que le moment était venu de le visiter. Au niveau de l'intersection avec La Brea, j'ai attendu longuement le 2, dont le service ne reprenait que

vers 5 heures. Il faisait encore nuit, au demeurant, lorsqu'à la hauteur de Silver Lake, et du
côté gauche de Sunset, j'ai aperçu au passage
l'enseigne lumineuse et verdâtre de l'Olive, que
jusque-là, c'est-à-dire avant que Wendy ne m'eût
raconté l'histoire d'Alyssa, je n'avais jamais
remarquée. Un peu plus loin, et cette fois du
côté droit de Sunset, au milieu de la descente
précédant le franchissement de Pasadena
Freeway, une flaque de lumière violette, réfléchie
par le bitume d'un parking, attira mon attention
sur un autre motel, le Paradise, qui dans l'obscurité paraissait encore plus repoussant, ou fati-
dique, que l'Olive, pourtant stigmatisé par le
crime dont il avait été le théâtre.

Quant à l'hôtel Normandie, lui non plus ne
paie pas de mine, mais du moins faisait-il jour
lorsque je m'en suis approché. Si on l'aborde
par le sud, en venant de Wilshire, il se signale
tout d'abord par un pignon aveugle que le lierre
envahit peu à peu, vert sombre sur le rose éteint
de la brique. Le nom de l'hôtel, en caractères
blancs sur fond rouge, apparaît sur l'enseigne
verticale disposée à l'angle de Normandie et
de la 6ᵉ, et de nouveau, en deux exemplaires,
sur celles, horizontales, qui flanquent le hideux
auvent surplombant la porte d'entrée. Sur le trottoir d'en face s'élève un de ces palmiers, déme-
surément hauts et grêles, qui ressemblent si
fâcheusement à des plumeaux. À mi-hauteur du
pignon donnant sur la 6ᵉ, un panneau publicitaire, décoré d'une photographie cadrée de tra-

vers, et mal éclairée, telle que pourrait en faire un artiste particulièrement dédaigneux de son public, représente une chambre type de l'hôtel, dont presque tout l'espace est occupé par un lit double recouvert d'une housse grisâtre, et guillochée, dont le relief semble très propice à la conservation des poussières et autres pilosités. Tout cela, il est vrai, pour le prix imbattable de 49 dollars et 99 cents, soit un cent de moins que ce que je payais au Hollyway pour une chambre bien plus jolie. L'hôtel est tenu par des Coréens, comme tous les commerces de ce quartier, si bien que la réception, dans sa grande misère, dispose tout de même de trois pendules dont l'une donne l'heure à Séoul. Dans le hall, dallé de carreaux blancs et noirs, éclairé par deux lustres à pendeloques dispensant une lumière blafarde, quelques appareils électroménagers de conception récente — un sèche-linge apparemment hors d'usage, un distributeur automatique de plats chauds — voisinent avec des meubles dépareillés, plus anciens, dont certains peuvent dater de l'époque — la fin des années trente — à laquelle Lowry séjourna dans cet établissement. Près d'une vasque asséchée, mais qui dut accueillir autrefois des poissons rouges, et peut-être un petit jet d'eau, se voit un piano droit minuscule, fabriqué à une date inconnue chez Lester à Philadelphie, sur lequel il n'est pas difficile d'imaginer Malcolm Lowry, au sortir du restaurant (aujourd'hui désaffecté) de l'hôtel, pianotant maladroitement, le visage congestionné, en braillant quelques couplets d'une chanson dans le genre de celle-ci :

« And we all wear wibberly wobberly ties,

And look at all the pretty girls with wibberly wobberly eyes... »

Cette journée, d'autre part, restera pour moi comme celle où je dus acheter une paire de pompes chez Macy's. Car Fuck, dans un exceptionnel élan de générosité — peut-être était-ce bien lui que j'avais aperçu dans la librairie, et l'inquiétude qu'il concevait d'avoir été démasqué l'incitait-elle à me faciliter la tâche plus qu'il ne le faisait d'habitude —, venait de me proposer d'accompagner l'un de ses photographes lors d'une reconnaissance, à Calabasas, sur une colline d'où l'on surplombait la maison de Britney : de cet observatoire, me dit Fuck, il l'avait aperçue récemment pleurant et trépignant, au bord de la piscine, après une visite de son père, ce qui donnait une idée des ressources de ce point de vue. Mais Fuck avait précisé que la colline était couverte de plantes urticantes — le *poison ivy*, ou « lierre empoisonné » —, et pis encore, en cette saison, infestée de serpents à sonnette. Et il avait ajouté que si je souhaitais malgré tout accompagner son photographe dans une de ses randonnées, je devrais m'équiper de chaussures montantes et, si possible, de vêtements camouflés. Je décidai de commencer par les chaussures montantes, le budget alloué par les services ne me permettant guère — à moins d'adresser par courrier une demande écrite qui mettrait peut-être plusieurs mois avant d'être agréée — d'envisager l'achat d'une tenue de camouflage, surtout si elle ne devait servir qu'une seule fois. D'ailleurs la description qu'il faisait de cette colline, et surtout l'évocation des serpents à son- nette, ne m'inspirait qu'un désir modéré de la gravir. Pour acheter les chaussures, je dus me rendre dans la galerie commerciale du Beverly Center où j'hésitai longuement, chez Macy's — car rien ne m'allait, ou alors des articles par trop ridicules, et dont je n'étais pas assuré qu'ils conviendraient à l'expédition projetée, tels que des fausses Santiags aux tiges revêtues de peau de vache, ou des choses de ce genre —, avant d'arrêter mon choix sur un modèle très simple, de marque Polo Ralph Lauren et de fabrication chinoise : des chaussures que je peux recom- mander, en dépit de leurs difficultés de laçage, puisqu'elles ont résisté jusqu'à maintenant non seulement à de longues journées de marche à travers Los Angeles, mais aussi à des conditions que l'on peut qualifier d'extrêmes, successive- ment dans le désert Mojave, ou à la périphérie de celui-ci, puis dans les montagnes du Haut- Badakhchan. (Je les ai même aux pieds, en écri- vant ces lignes, et c'est peu de dire que Shote- mur me les envie : je suis sûr que si je venais à mourir, la première chose qu'il ferait serait de s'en emparer.) Lorsqu'il m'avait appelé pour me faire cette proposition de randonnée, Fuck m'avait également signalé qu'il conviendrait, à l'avenir, d'éviter Vista del Mar Park — et comment ferait-il maintenant, avais-je envie de lui demander, pour nourrir ses putains d'écureuils ? —, dans la mesure où celui-ci venait d'être le théâtre d'un règlement de comptes entre gangs — les Blood Stone Villains et les Compton Piru, précisa-t-il — qui avait laissé au moins deux blessés graves sur le carreau. La fusillade, ajouta-t-il, sachant combien j'étais friand de ces détails, était partie d'une Hummer limousine — un véhicule généralement utilisé pour les mariages, ou les enterrements — et avait débuté, avant de se poursuivre dans les rues avoisinantes, à l'angle de Napoleon Street et de Vista del Mar.

23

La rencontre de Wendy, je le dis à ma honte, n'avait pas éteint chez moi toute forme d'intérêt pour Lindsay. Ainsi, lorsque dans le courant du mois de mai l'affaire dite du « Bling Ring » en vint à faire les titres non seulement de la presse spécialisée — et de la chaîne E ! en particulier —, mais aussi du *Los Angeles Times*, celle-ci retint mon attention d'autant plus que le nom de Lindsay Lohan s'y trouvait mêlé. Les membres de ce Bling Ring — une demi-douzaine d'adolescents, des filles pour la plupart — s'étaient livrés pendant quelques mois à de multiples effractions au domicile de leurs stars préférées, sur les hauteurs de Hollywood ou de Beverly Hills, moins dans le dessein de s'enrichir, semble-t-il, puisqu'ils avaient généralement négligé le matériel électronique et d'autres objets de valeur, que pour se procurer, comme en d'autres temps ils auraient pu le faire avec des épines de la Sainte Couronne, par exemple, ou des fragments de la Vraie Croix, des vêtements, des bijoux et d'autres

colifichets ayant touché de près à des person-
nalités aussi considérables que Rachel Bilson,
Orlando Bloom, Megan Fox ou Paris Hilton,
pour ne citer que les plus connus. Au total, en
plusieurs expéditions nocturnes menées dans les
collines, entre 2008 et 2009, ils avaient tout de
même fauché pour environ 3 millions de dollars
de tels objets, selon les estimations de la justice.
Et, parmi ces objets, on remarquait notamment
un collier Chanel « noir et blanc », d'après la
description succincte qu'en donnait le *Los Angeles
Times*, ayant appartenu à Lindsay Lohan (un
site laissait entendre que ce bijou avait pu être
offert à Lindsay par Samantha Ronson, et que
la première avait soupçonné la seconde, sans
aucun fondement, d'avoir commandité le vol
dans un esprit de vengeance), et retrouvé par
les enquêteurs dans la chambre à coucher de
la petite sœur d'une certaine Alexis Neiers, âgée
de dix-huit ans, qui faisait figure d'accusée principale dans ce procès. Une autre raison de l'intérêt suscité par Neiers, bien que celle-ci eût rejeté
la plupart des accusations portées contre elle,
c'est qu'elle avait tiré parti de son inculpation
pour décrocher le rôle principal dans une émission de téléréalité programmée par la chaîne
E !, « Pretty Wild », qui évoquait au jour le jour
sa propre vie et celle de ses deux sœurs, toutes
les trois, non moins que les sœurs Kardashian,
aspirant à devenir d'une manière ou d'une autre
des stars. Ayant reconnu de mauvaise grâce
sa participation à une effraction au domicile

d'Orlando Bloom — comme Gilton Pitre, et toutes proportions gardées, elle avait été confondue par les images d'une caméra de surveillance —, Alexis Neiers venait d'être condamnée à six mois de prison ferme et deux ans avec sursis. Et son procès avait donné lieu, principalement sur E !, chaîne à laquelle elle devait être liée par un contrat d'exclusivité, à toutes sortes de pleurnicheries et de reniflements de la gamine (dont le petit visage aux traits flous se prêtait bien à ce genre d'exercice), en direct ou en différé, entrecoupés d'invocations à « Dieu », ou à « Jésus », et tout cela, le plus souvent, en duo avec sa mère (la « maman »), qui semblait ne pas comprendre ce que la justice s'obstinait à lui reprocher. (Depuis, et s'il faut en croire Wikipedia, Alexis a effectivement purgé trente jours de prison, dans le même établissement que Lindsay Lohan, et elle se dispose à lancer sa propre « ligne de vêtements », qui devrait être « girly, innocent & fun ».)

Mais pendant qu'Alexis Neiers invoquait Jésus-Christ, Lindsay Lohan — dont la presse oubliait de préciser si le collier Chanel noir et blanc lui avait été restitué — s'apprêtait à affronter une campagne de dénigrement d'une violence sans précédent. Dès le 10 mai, le ton était donné par ce titre du site Hollyscoop (ou Hollywoodgossip ?) : « Il est temps que Lindsay paie pour avoir enfreint la loi ! », ouvrant la voie à un torrent d'imprécations dont le débit n'allait cesser de croître jusqu'à sa comparution, le 24 mai, devant la juge Marsha Revel, dans l'enceinte du palais de justice de Beverly Hills. (Auparavant, une photographe particulièrement dénuée de scrupules, et qui avait réellement fait, semble-t-il, quelques images de Lindsay, tenta de s'engouffrer dans la brèche en déclarant au *New York Post* qu'elle avait entretenu avec elle une relation intime, ajoutant élégamment qu'elle l'avait trouvée « fascinante, somptueuse et super-chaude », mais le coup fit long feu, la presse l'accusa d'avoir tenté de gagner indûment ses « quinze minutes de célébrité », et le nom de Julia Indrani Pal-Chaudhuri, âgée de trente-six ans, retomba momentanément dans l'oubli.) Entre-temps se situe l'épisode, désastreux à tout point de vue, du séjour de Lindsay au festival de Cannes. Au moment où il débute, sa réputation est déjà tombée si bas que la presse ironise sur le fait qu'elle n'ait trouvé personne pour lui payer le billet d'avion. En marge du festival, Lindsay mène à peu près la même vie qu'auparavant à Los Angeles, ou en tout autre lieu, mais ses turpitudes y rencontrent évidemment un écho inhabituel : la presse l'accuse de faire la fête sans mesure, de choir dans les plantes vertes, d'afficher un visage bouffi et une démarche hésitante à la sortie d'un gueuleton à la Colombe d'Or ou au retour d'une party à bord d'un yacht, de draguer effrontément le petit ami de l'actrice Amanda Seyfried, avec laquelle, pourtant, elle a fait ses premières armes dans *Mean Girls*, et le comble est atteint lorsque paraît une photographie de Lindsay, d'ailleurs ravissante, et nullement bouffie, mais couverte comme à l'accoutumée d'adorables taches de rousseur, vêtue d'un t-shirt à rayures découvrant une épaule, d'un short ultracourt et de chaussures à talons aiguilles (aux antipodes de la tenue prescrite par Fuck pour l'ascension de la colline de Britney), portant de travers un petit chapeau, en train de festoyer avec un couple anonyme, et plutôt moche, sans doute lui aussi en quête de ses quinze minutes de célébrité, cependant que sur un plateau disposé à côté d'eux apparaissent plus ou moins distinctement des petits tas d'une poudre blanche. Enfer et damnation ! Comme si tout le monde, dans les parties auxquelles donne lieu le festival de Cannes, et pour autant qu'on le sache, ne passait pas son temps à se truffer le nez. Pauvre Lindsay ! comme dirait Shotemur, dont toutes ces révélations — ce complot ? — ne font qu'exalter les sentiments, suscitant même chez lui un désir de protection si aveugle, si démesuré, qu'il envisage sérieusement d'écrire à son héroïne pour l'inviter à séjourner quelque temps dans son modeste pied-à-terre de responsable du KGB à Murghab. « On pourrait l'emmener chasser le léopard des neiges ! me suggère-t-il, et elle se ferait une étole avec la peau ! » « Et peut-être parviendrai-je à la convertir à l'islam… Qu'est-ce que tu en penses ? »

Et je dois une fois encore lui rappeler que, même si sa position l'autorise à enfreindre au

Tadjikistan des lois que de toute manière nul ne respecte, Lindsay, de son côté, ne pourrait se permettre de bafouer la Convention de Washington, et de rentrer aux États-Unis — car je ne pense pas, si égaré soit-il, qu'il l'imagine finissant ses jours à Murghab — avec la dépouille d'un animal archi-protégé.

En attendant, les choses risquent d'autant moins de s'arranger, pour Lindsay, que l'avant-veille du jour — le 20 mai — où elle doit comparaître à Beverly Hills devant la juge Marsha Revel, pour n'avoir pas respecté scrupuleusement le programme de désintoxication auquel elle est astreinte à la suite de plusieurs affaires de conduite en état d'ivresse, elle s'avise, à Cannes, entre deux soirées, de la disparition de son passeport : disparition — ou vol — qu'elle impute d'abord à son père, à tout hasard, ou à quelqu'un agissant pour le compte de celui-ci, et qui en tout état de cause, si elle se confirme, la met dans l'impossibilité de prendre l'avion à temps pour se présenter à son procès. Dans les heures qui suivent cette annonce, la presse électronique se déchaîne.

« Croisez vos doigts, écrit Hollyscoop, pour que la juge ne lui accorde pas un traitement de faveur ! »

Et, à l'adresse de cette juge : « Envoyez-la en taule ! »

Variante : « Que la juge lance le livre (*throw the book*) à la figure de Lindsay ! »

« En prison, se délecte le même site, ou un autre, on ne lui servira pas de la cuisine française ! »

L'agence X17, quant à elle, croit savoir que « Lindsay aurait quitté la France à destination de Londres à bord d'un jet privé », et que durant le vol « elle aurait vomi à trois reprises ». Dans le jeu intitulé « The Find Lilo's Passport Game », mis en ligne par TMZ, les internautes sont invités, un peu comme au jeu de bonneteau, à choisir parmi trois gobelets de plastique rose celui sous lequel se cache le passeport disparu. Le jeu comporte quatre niveaux de difficulté, selon que la position des gobelets varie plus ou moins rapidement. Si vous échouez à la première tentative, TMZ vous recommande d'essayer un niveau inférieur de difficulté, avec ce commentaire — « Girl ! Don't party so much ! » (Fille ! Fais un peu moins la fête !) — qui tendrait à confirmer l'hypothèse de Serge, le paparazzi misogyne, sur le caractère essentiellement féminin du public des sites concernés. À moins de considérer, naturellement, que l'injonction ne s'adresse qu'à Lindsay Lohan. Mais un autre jeu, proposé par Hollywoodgossip, abonde également dans le sens de Serge : à la question : « Où aimeriez-vous voir Lindsay Lohan ? », seuls 8 % des 2 312 votants (le lundi 24 mai 2010 à 17 heures) avaient répondu « dans mes bras », parmi les quatre réponses possibles, contre 16 % qui souhaitaient l'envoyer dans un « trou à crack » (*local crack den*), 24 % en cure de désintoxication et 50 % en prison. (De ce qui précède, il ressort également que 2 % de votants s'étaient refusés à choisir entre les quatre options proposées.) De mon côté, j'ai répondu (électroniquement) « dans mes bras », et je dois porter au crédit de Hollywoodgossip que mon vote a été immédiatement pris en compte.

24

« Les chiens ont joué un rôle extraordinaire-
ment important dans le développement résidentiel de Downtown », déclarait dans le *Los Angeles
Times* un certain Carol Schatz, président d'une
association de propriétaires, le jour où devait se
dérouler à Beverly Hills la seconde audition de
Lindsay Lohan par la juge Marsha Revel. C'était
le 24 mai : et Carol Schatz, il convient de le préciser, ne faisait cette déclaration qu'en réponse
à certains commerçants de Downtown, qui
s'étaient alarmés de la multiplication des déjec-
tions canines sur le seuil de leurs boutiques.

Quatre jours auparavant, une première audition de Lindsay Lohan s'était déroulée en
l'absence de l'intéressée — mais en présence
de son avocate, et aussi de son père, qui s'efforçait de tirer parti des circonstances pour revenir
sur le devant de la scène —, retenue à Cannes
par la disparition de son passeport. En dépit de
cette absence, qui ôtait beaucoup de son intérêt à
cette péripétie judiciaire, la presse avait assailli

le palais de justice de Beverly Hills deux heures avant le début de l'audience, lors de laquelle la juge Revel, pour la plus grande joie des médias spécialisés, avait lancé contre Lindsay Lohan un mandat d'arrêt. Dans la bousculade consécutive à la levée de l'audience, je m'étais trouvé quelque temps épaule contre épaule avec Michael Lohan, le père de Lindsay, un petit homme au visage luisant et couperosé, dont on était modérément surpris d'apprendre que lui-même, comme bientôt sa fille, avait tâté de la prison, et qu'un peu plus tard je retrouvai par hasard, sous un porche de Burton Way où il s'était abrité, en compagnie de deux gardes du corps à oreillettes, afin de tirer sur une cigarette à l'insu de la meute des journalistes (car des images du père en train de fumer n'auraient pu que nuire à la cause de toute la famille).

Le 24 mai, Lindsay Lohan, enfin rentrée de Cannes, comparaît libre devant la juge Revel, son avocate ayant acquitté entre-temps 10 % de la caution fixée à 100 000 dollars. Dès 7 heures du matin, ce jour-là, les parages du palais de justice de Beverly Hills sont encombrés de camionnettes Frontline portant les couleurs de différentes chaînes de télévision, gréées d'antennes télescopiques dont la hauteur dépasse celle des arbres. Sur les trottoirs s'allongent et s'entrecroisent des kilomètres de câbles. Dans l'entrée du bâtiment, les photographes dûment accrédités et les paparazzis n'en finissent pas de changer leurs escabeaux de place, certains profitant du passage fortuit de deux femmes de ménage hispaniques, sur la pointe des pieds, pour procéder sur elles au réglage de leurs objectifs. (À cette occasion, et afin d'éviter cette fois les problèmes de stationnement, le paparazzi qui ne se déplace jamais sans son chien est venu à VTT.) À partir de 7 h 45, deux hélicoptères se tiennent en vol stationnaire au-dessus de Burton, alignés sur le terre-plein central de cette avenue, le vent de leurs rotors décoiffant les palmiers comme sur de vieilles images de la guerre du Viêtnam. Peu après 8 heures, un troisième hélicoptère se joint aux deux précédents : surcroît de vent, surcroît de décoiffage des palmiers. Une demi-heure plus tard, avec une ponctualité qui ne lui est pas habituelle, et dont elle espère sans doute — vainement, comme on le verra — qu'elle préviendra en sa faveur la juge Revel, Lindsay Lohan descend d'une Cadillac Escalade noire — dont la plaque d'immatriculation, comme le remarquent certains journalistes, porte le nom de Sheeraz —, précédée par le même garde du corps, également noir, que nous avons déjà vu à l'œuvre à Venice, et soutenue par une femme élégante qui doit être son avocate. Elle-même est sobrement vêtue d'un ensemble noir, ou gris foncé, et d'une chemise blanche assez largement échancrée. Ses cheveux sont noués en queue-de-cheval, et les lunettes noires surdimensionnées qui recouvrent en partie son visage ne peuvent en dissimuler l'extrême pâleur : ainsi appuyée sur le bras de son avocate, si pâle et apparemment défaite — même si la moitié seulement de ce que la presse raconte sur sa vie à Cannes était vraie, il y aurait encore de quoi accuser le coup —, elle donne un peu l'image d'une jeune veuve, convenablement affligée, se rendant à l'enterrement de son mari. Deux heures passent. « Nothing is happening ! » remarque pour lui-même un journaliste : ce qui est vrai, incontestablement, de ce parvis du tribunal sur lequel nous sommes confinés. À quelques pas de moi, une présentatrice de télévision qui ressemble à Kim Kardashian rectifie compulsivement un détail de sa coiffure en se mirant dans l'objectif de sa caméra. À 10 h 50, longtemps après que l'Escalade, escortée d'une Mercedes noire (dont le chauffeur n'est autre que le type à dreadlocks qui conduisait l'Escalade à Venice), est venue se garer en bas des marches, Lindsay Lohan s'y engouffre, précédée par le garde du corps noir à oreillette. Sa sortie a été si adroitement calculée, et si promptement exécutée, que je n'ai pas eu le temps de la voir passer. Beaucoup de paparazzis, qui se sont eux aussi laissé prendre de vitesse, se rattrapent en photographiant sur des écrans de contrôle les images réalisées par des journalistes de télévision. Mais ce que ces images ne peuvent montrer, c'est que Lindsay, avant de quitter le cabinet de la juge, a été appareillée d'un détecteur d'alcool, le SCRAM — Secure Continuous Remote Alcohol Monitoring bracelet —, qu'elle devra désormais porter en permanence à la cheville (où il se remarque moins qu'au poignet), et dont les vicissitudes offriront aux commentateurs spécialisés, dans les mois à venir, des ressources presque infinies de gloses et de plaisanteries. (Ainsi dans la nuit du 6 juin, après la cérémonie de remise des MTV Movie Awards, lorsque au cours d'une fête donnée au Las Palmas par Katy Perry, le SCRAM détectera la présence d'alcool à la surface de Lindsay et se mettra à clignoter à travers le cuir de sa botte.)

Et pendant ce temps, qu'avait à offrir Britney Spears ? Dix jours auparavant, la presse avait confirmé qu'elle s'était séparée de Jason comme manager, sinon comme amant, tandis que se propageait cette rumeur, apparemment sans fondement, relative à sa liaison avec un de ses gardes du corps (celui, supposait-on, qui avait laissé échapper ce « Don't worry, baby ! » le jour où je l'avais aperçue dans Robertson). Mais en dépit du peu de relief de son existence, ou de ce que le public en connaissait, Britney venait de retrouver sa position de leader sur Twitter, dépassant de près de 6 000 points, avec près de 5 millions de suiveurs, le record établi auparavant par Ashton Kutcher, ce jeune acteur au front bas qui partage la vie de la comédienne Demi Moore.

« Wow ! » avait-elle aussitôt réagi. « Number 1 on Twitter ! Thank you ! Tweet me some questions this morning ! Xoxo. Brit. »

Pourtant, relevait le site Hollywoodgossip, « les tweets de Britney sont sans intérêt », et « plus souvent rédigés par son manager que par elle-même ». « Mais Britney, poursuivait le même site, est une plus grande star qu'Ashton Kutcher, et l'une des personnes vivantes les plus célèbres, pour le meilleur et pour le pire. »

Dans la soirée, après avoir regardé sur la chaîne E ! le compte rendu des événements de la matinée — on y voyait Lindsay répondre aux questions de la juge, un coude posé sur le bureau de celle-ci et le menton dans sa main, avec une expression dédaigneuse dont on devinait qu'elle n'avait rien arrangé —, je me disposais à traverser la rue pour acheter une part de pizza au Seven/Eleven, en prévision d'un nouvel épisode de *Deadliest Catch* (la pêche aux crabes en Alaska), ou d'une version doublée en espagnol du remake de *King Kong* avec Naomi Watts, lorsque mon portable a sonné. J'ai décidé de ne pas répondre et de faire comme si je n'avais rien entendu (à l'exception peut-être de Wendy, il n'y avait personne, à ce moment-là, dont je souhaitais recevoir un appel). Puis je me suis rendu en effet au Seven/Eleven, j'ai acheté la part de pizza, ainsi que deux bananes et une boîte de Coca, je me suis fait couler un bain et j'ai ouvert le *Los Angeles Times* à la page des programmes de télévision. Environ une demi-heure s'était écoulée depuis que mon téléphone avait sonné. Pris d'un scrupule tardif, avant de me plonger dans le bain, j'ai écouté la messagerie, sur laquelle Fuck, d'une voix éteinte, me prévenait que Britney Spears venait de débarquer à l'hôtel Mondrian avec toute sa suite. Il n'y avait pas à hésiter. Si faible que fût mon désir de ressortir, je présumais que jamais le colonel Otchakov, si je faisais le mort, ne me pardonnerait d'avoir laissé passer une telle occasion de me rapprocher de Britney. De mauvaise grâce, je me suis rhabillé — chemise blanche, bottines Weston, veste Yves Saint Laurent : les seules pièces de ma garde-robe compatibles avec cette circonstance solennelle —, j'ai remonté La Cienega, jusqu'à l'intersection avec Sunset, si vite que j'ai dû après cela m'asseoir plusieurs minutes sur le bord du trottoir, en prenant soin toutefois de ne pas m'empoussiérer le cul, pour reprendre haleine : il me paraissait inopportun d'arriver au Mondrian à bout de souffle, multipliant ainsi les risques d'attirer l'attention des gymnastes déployés devant l'entrée dans leurs tenues de jogging. J'ai même pris le temps de donner un ou deux dollars, afin de me porter chance, à un gueux qui passait par là, poussant un caddie de supermarché, et qui était lui-même si bizarrement accoutré qu'il ressemblait à une tente, ou à un tertre, en mouvement. Un très petit homme, au demeurant. Et qui me retint par la manche — la manche de ma veste Saint Laurent — pour me raconter en espagnol, langue à laquelle je n'entends rien, ou presque rien, qu'il était un *marielito*, c'est-à-dire un de ces Cubains, pour la plupart des repris de justice — ce qui à Cuba n'implique pas d'avoir commis de grands crimes —, qui en 1980 avaient débarqué en masse sur le littoral de la Floride.

Certains étaient devenus entre-temps des entre-preneurs ou des mafieux prospères, tel le per-sonnage incarné par Al Pacino dans le remake de *Scarface*, mais il ne faisait pas partie du lot. En ce qui le concernait, le rêve américain avait manifestement cafouillé. Il insista pour m'offrir de la bière, tout d'abord, à même la canette baveuse qu'il biberonnait, puis, devant mon refus, du mescal, que j'aurais peut-être accepté, tant cette offre me parut receler de potentiali-tés littéraires, si la bouteille, entamée, n'avait été elle aussi d'une saleté repoussante.

Au bar de l'hôtel Mondrian, que j'atteignis sans autre péripétie, je me rattrapai en avalant coup sur coup deux Mojitos. (Cette boisson était alors à la mode à Los Angeles comme un peu partout dans le monde.) Jusque-là, tout s'était bien passé, mais il y avait cependant un détail qui clochait : pas plus au bar que dans le hall de l'hôtel, en effet, je n'avais remarqué la moindre effervescence, telle qu'aurait dû en produire une visite de Britney, même dans cet établis-sement dont elle était une habituée. En fait, à 9 heures du soir, le bar était désert, au point qu'après une demi-heure d'attente vaine je me dis que j'aurais peut-être plus de chance au res-taurant et je rejoignis celui-ci. Histoire de me faire sentir que je n'y étais pas répertorié, on me fit attendre quelque temps, sur une chaise, au pied de la chaire sur laquelle trônait la placeuse — elle et moi, me disais-je, tels deux person-nages de théâtre —, avant de me conduire vers une table d'où l'on découvrait une vue étendue sur la ville basse et son quadrillage de lumières. Mais en traversant la salle pour me rapprocher de la baie vitrée, j'avais pu constater que Britney ne s'y trouvait pas plus qu'au bar. Peut-être avait-elle loué une suite pour la soirée ? En attendant, maintenant que l'on m'avait attribué une table, je n'avais d'autre choix que de dîner là, et c'est ce que je fis, m'envoyant successivement un velouté de champignons puis une tranche d'un poisson dont le menu me garantissait sinon qu'il avait été abattu avec douceur (comme c'était le cas pour certaines viandes servies dans des restaurants de Hollywood ou de Beverly Hills), au moins qu'il ne provenait pas d'un élevage. Tout cela était excellent, mais je n'en regrettais pas moins ma part de pizza et la version mexicaine de *King Kong*, outre que je ne voyais toujours rien venir, et que je finissais par me demander si Fuck — par suite d'une erreur de transmission, car je ne soupçonnais chez lui aucune malice — ne m'avait pas embourbé. C'est seulement après le dîner que je remarquai ceci : à l'extérieur du restaurant, sur la terrasse de l'hôtel, un ruban jaune avait été tendu, comme pour délimiter une scène de crime, afin de réserver l'accès du Sky Bar, c'est-à-dire de toute la zone s'étendant autour de la piscine. Et c'était là, bien sûr, que devait dîner Britney Spears, même si je ne pouvais, à cette distance, la reconnaître, pas plus que Jason, parmi les clients de cette zone exclusive. Encouragé par mon précédent succès au Chateau Marmont, je tentai de passer par-dessus le ruban jaune, à l'esbroufe, et je me fis aussitôt repérer par un garde de sécurité auquel il me fallut expliquer, contre toute vraisemblance, que je n'avais pas remarqué cet obstacle que j'étais en train d'enjamber. Afin de contenir mon humiliation dans des limites raisonnables, et d'éviter un incident préjudiciable à la réputation de l'établissement, le type feignit de me croire, mais je dus quand même me résoudre à quitter le Mondrian sans avoir recueilli aucune preuve de la présence effective de Britney. Quelques jours plus tard, cependant, le blog de Perez Hilton, un chroniqueur spécialisé dans les commérages hollywoodiens, se faisait l'écho d'un drame survenu lors de ce dîner au Sky Bar, pendant lequel Britney se serait emportée successivement contre une serveuse, puis contre Jason, à propos de la nourriture, au point de piquer une véritable crise de rage et de quitter la table. Mais à l'heure où cet incident s'était produit, s'il avait la moindre réalité, j'étais de retour au Holloway et, enfin, je regardai Naomi Watts valser dans les bras (ou plutôt dans la main) de King Kong sur un étang gelé de Central Park.

25

Sheeraz Hasan, le bienfaiteur de Lindsay
Lohan, celui qui mettait à sa disposition, entre
autres commodités, sa flotte de Mercedes et de
Cadillac Escalade, outre qu'il faisait d'elle des
interviews complaisantes, ou la mettait en scène
en petite vendeuse de milk-shakes, Sheeraz Hasan
pouvait-il être soupçonné de jouer un rôle quelconque dans le complot ourdi contre Britney
Spears ? J'en étais venu à le penser. Plus précisément, dans les moments où je croyais encore
à la réalité de ce complot, et qui se faisaient de
plus en plus rares, il me semblait possible, sinon
probable, que Sheeraz Hasan y fût impliqué, et
cela en raison de l'invraisemblance du personnage qu'il s'était fabriqué. Sur son site Internet,
en effet, et sous un portrait de lui ainsi légendé :
« Tout a commencé par une prière devant le
"Hollywood sign" », le propriétaire de la chaîne
Millions of Milkshakes retraçait les étapes de sa
carrière — qui à l'en croire avait fait de lui, en
un rien de temps, un véritable titan de la presse

électronique —, dans un style de conte de fées qui ne pouvait qu'éveiller les soupçons. En 1991 — date à laquelle commençait le récit de son ascension —, alors âgé de seize ans, il avait repris le boui-boui de ses parents, à Londres, lequel débitait notamment des milk-shakes, et avait assuré rapidement le succès de cet établissement. Puis — sur un coup de tête ? — il avait décidé de se rendre à Hollywood. Et là, tandis qu'il faisait une prière au pied du fameux signe, établi sur une hauteur voisine de Griffith Park, il était tombé par le plus grand des hasards, en pleine nature, sur un certain Rowland Perkins, fondateur de la Creative Artists Agency, qui l'avait aussitôt catapulté sur la scène médiatique hollywoodienne. « Au bout de quelques semaines », s'il fallait l'en croire, il avait son propre « show » télévisé, « couvrait les premières des films », et « interviewait sur les tapis rouges les plus grandes célébrités ». Bientôt — et toujours, apparemment, par l'opération du Saint-Esprit, outre celle de Rowland Perkins —, son programme Tinseltown TV « touche 500 millions de spectateurs dans quelque cent trente pays ». « Tinseltown TV, poursuivait-il, diffuse un message de spiritualité » et, bien loin de surenchérir sur la malveillance ou l'indiscrétion — le *gossip* — des autres programmes, « s'intéresse aux convictions religieuses et à la vie spirituelle » des stars, et « encourage celles-ci à user de leur prestige pour rendre le monde meilleur ». (À l'appui de cette affirmation, Sheeraz citait notamment « la première vidéo de Michael Jackson transporté en urgence à l'hôpital », ou « une interview exclusive de Britney Spears sur une civière », dont la dimension spirituelle n'apparaissait pas très clairement.) Sheeraz insistait d'autre part sur sa qualité de « musulman pratiquant », dont l'autobiographie, publiée en 2006 sous le titre *Sheeraz, le rêve américain musulman*, « donnait une image positive de l'islam », soulignant son caractère pacifique, et, en retour, faisait de lui, Sheeraz, « un modèle pour plus d'un milliard six cents millions de musulmans dans le monde ». Assurément, il fallait qu'il fût adepte d'une variété d'islam particulièrement émancipée, pour passer, comme il le faisait, le plus clair de son temps à glorifier des créatures aussi éloignées des préceptes de cette religion (au moins telle que nous la connaissons) que Lindsay Lohan, Miley Cyrus ou Kim Kardashian. Tout cela — son babillage islamique, sa proximité avec les stars et la multiplicité apparemment infinie de ses connexions — faisait de lui, à mon avis, un suspect de première grandeur dans ce complot dont nous présumions l'existence. (Même sa prédilection affichée pour Lindsay Lohan, dans cette hypothèse, pouvait être envisagée comme une diversion.) Mais le colonel Otchakov — sans doute était-il mieux placé que moi pour savoir ce qu'il fallait penser d'un tel complot — avait accusé réception avec sécheresse du rapport que je lui avais adressé à ce sujet, me faisant observer, dans sa réponse, que, plus vraisemblablement,

Sheeraz Hasan n'était mû que par « le désir assez commun — je cite le colonel — de devenir riche et célèbre le plus rapidement possible, et par tous les moyens ». En conclusion, le colonel m'invitait à m'« abstenir désormais de toute interprétation intempestive », et à « mieux contrôler [mes] émotions ».

Cette dernière proposition me prit au dépourvu. Car bien entendu je n'avais soufflé mot, à mes supérieurs, de l'existence de Wendy. Et aussi curieux que cela puisse paraître, de la part de quelqu'un (moi-même) qui à la fois par nature, et du fait de sa formation, était enclin à se défier de tout le monde, et à flairer des pièges dans les dispositifs les plus innocents que le hasard lui présentait, jamais je n'avais soupçonné que ma rencontre avec Wendy pût ne pas être fortuite, et d'entrée de jeu j'avais éprouvé pour elle une confiance absolument sans limites. Et dans cette conviction relative à la loyauté de Wendy — bien qu'elle fût exposée à toutes sortes de chantages, en sa double qualité d'immigrante et de prostituée —, je ne devais pas varier par la suite. J'en vins même très rapidement à lui dire pour qui je travaillais, et ce que je faisais à Los Angeles — pas plus que moi désormais, elle n'accorda jamais beaucoup de crédit à cette histoire de complot —, ce qui constituait incontestablement une faute professionnelle majeure, et qui devait m'être reprochée avec une particulière véhémence lors des séances de débriefing consécutives au sabordage de l'opération, bien que je lui dusse en grande partie, comme on le verra le moment venu, d'avoir pu me soustraire à une arrestation et quitter les États-Unis sans faire de vagues, épargnant aux services français une humiliation comparable à celle qu'ils avaient subie dans l'affaire du *Rainbow Warrior* (affaire dont l'absurdité, on me l'accordera, ne le cède en rien, ou si peu, au projet concernant Britney Spears).

Toujours est-il que Wendy sait maintenant à quoi s'en tenir, et que nous nous retrouvons dorénavant au Holloway, dans ma chambre, au vu et au su de quiconque exercerait une surveillance sur mes activités. Et c'est ainsi que dans la page « California » du *Los Angeles Times* daté du mardi 25 mai, juste sous un article, également illustré, rendant compte de l'audition de Lindsay Lohan par la juge Marsha Revel, Wendy, alors que nous sommes encore au lit, me désigne une photographie, en noir et blanc, d'un voilier échoué sur la plage de Venice au pied d'un bouquet de palmiers. La silhouette des palmiers se détache à contre-jour, la coque du voilier, entourée à distance d'un ruban de plastique marqué « caution », apparaît déchirée sur la plus grande partie de sa longueur.

« Le voilier de l'attorney Tom Kirschbaum, dit la légende, gît sur le côté, après qu'il s'est échoué sur la plage de Venice à proximité du mirador des sauveteurs. » L'article qui accompagne la photographie est titré « Recherches interrompues pour le navigateur disparu après la course », et on y lit que le bateau, long de trente pieds, s'est échoué dimanche dernier — sans son propriétaire, apparemment passé par-dessus bord — à un mille au sud de la jetée de Santa Monica (celle des attractions).

« Tu n'as pas envie d'aller voir cette épave ? » me demande Wendy. Si, bien sûr, comment pour-rais-je ne pas avoir envie de voir cette épave (ou de faire quoi que ce soit qui fasse plaisir à Wendy) ? Et une heure plus tard, car exception-nellement nous n'avons pas attendu trop long-temps le 704, ni le bus numéro 1 de la Blue Line assurant la suite du trajet, nous sommes à Venice, sur la plage, à l'angle de Navy Street, et donc à quelques centaines de mètres, tout au plus, de l'endroit où j'ai aperçu pour la première fois Lindsay Lohan, sortant de chez un autre attorney. Tout ce que l'article et la photographie étaient impuissants à faire sentir — la mort de Tom Kirschbaum, ou plutôt le caractère unique et irrémédiable de celle-ci — est rendu tangible par l'aspect désolé de l'épave, entourée de ce ruban jaune maintenant décollé des tréteaux qui le soutenaient, et d'où s'échappe, à travers la déchirure de la coque, un flot d'objets hété-roclites, sans valeur, parmi lesquels les écumeurs de la plage, après les enquêteurs de la police, ont oublié une chaussure Dockside dépareillée (sans doute la vision de cette chaussure serait-elle moins poignante s'il y avait la paire). Pauvre Kirschbaum. L'article du *Los Angeles Times* dit que c'était un marin expérimenté, qui d'après sa femme ne prenait jamais de risques inutiles, et qui la veille avait participé à une course entre Marina del Rey, le grand port de plaisance de Los Angeles, et l'île de Santa Catalina.

Puis Wendy a exprimé le désir de marcher sur la plage jusqu'à la jetée de Santa Monica, et j'ai acquiescé, naturellement, bien qu'en réalité j'aie horreur de marcher dans le sable. Et nous avons aussi fait un tour dans la grande roue, bien que j'aie le vertige et que je déteste les attractions foraines plus encore que la marche dans le sable, après quoi nous avons fait graver nos deux noms sur le même grain de riz, et enfin nous avons déjeuné dans ce restaurant, aujourd'hui mexicain, qui occupe l'emplacement de celui que fréquentait autrefois Charlie Chaplin. La brume est tombée soudainement alors que nous achevions de déjeuner et que nous buvions à la chaîne des petits gobelets de tequila. À l'aller, nous avions remarqué, sans leur prêter d'attention particulière — nous n'avions pas l'esprit à ça —, des croix que par centaines un groupe pacifiste avait plantées dans le sable, en contrebas de la jetée, marquées des noms de soldats américains disparus en Irak et en Afghanistan : mais maintenant que la brume les enveloppait, elle les rendait curieusement plus visibles, ou plus inévitables, conférant à cette installation l'aspect à demi burlesque, et à demi terrifiant, d'un cimetière dans un film de vampires ou de revenants.

26

Une dizaine de kilomètres au-delà du col de Khargush, la piste qui relie Alichur à Langar rejoint le cours de la rivière Pamir. Puis la piste et la rivière, qui à ce niveau marque la frontière avec l'Afghanistan, cheminent un moment de concert, jusqu'à ce que la seconde, en aval de Langar, conflue avec la rivière Wakhan pour former le Pianj, lequel donnera naissance à l'Amou Daria après s'être grossi des eaux du Gunt, du Bartang, du Yazgulem, du Vanj, du Khumboh, du Minob, du Bag et du Vakhsh, pour ne citer que quelques-uns de ses affluents. Sur la dernière partie de son cours, la rivière Pamir coule entre les massifs du Shakhdara, à l'ouest, en territoire tadjik, dominé par les sommets jumeaux des pics Karl Marx (6 723 m) et Engels (6 507 m), et le massif de Wakhan, à l'est, en territoire afghan, culminant au Koh-e Pamir (6 320 m). Et peu avant le début de cette descente en lacets, vertigineuse, sujette aux glissements de terrain, par laquelle la piste rejoint le bourg de Langar, on voit se dresser vers le sud la muraille assez régulière, couverte en toute saison de neige et de glace, formée par les sommets enchaînés de l'Hindu Kuch, dont aucun n'est inférieur à 6 000 mètres, et dont la ligne de crête marque la frontière entre l'Afghanistan et le Pakistan : si bien qu'aussi longtemps que la piste menant à Langar, le long de la rivière Pamir, ménage cette vue sur l'Hindu Kuch, celui qui l'emprunte a le privilège d'embrasser d'un seul regard (pour peu qu'il fasse l'effort de tourner légèrement sur lui-même) le territoire de trois pays, en même temps qu'un bouquet, ou une gerbe, de sommets parmi les plus hauts de la planète. Et c'est là, dans l'angle rentrant formé par un lacet de la piste, au pied des pics Karl Marx et Engels (le second de ces géants de la pensée privé de son prénom par la toponymie soviétique, peut-être en raison de la difficulté de transcrire Friedrich en russe, surtout dans une zone montagneuse où la place manque pour reporter les noms sur les cartes), c'est là que Shotemur vient de ranger sur le bas-côté son gros 4 × 4 Lada, tout couvert de poussière, puant l'essence et le caoutchouc brûlé, après qu'un coup de téléphone l'a alerté, tôt dans la matinée, sur la présence en ce lieu de trois corps non identifiés. Par bonheur, les trois cadavres sont encore frais, et aucune odeur de décomposition ne se mêle à l'air merveilleusement pur de la vallée. Bien que je ne sois pas médecin légiste, et que l'on ne m'ait d'ailleurs pas invité

216

à les examiner, il me semble, compte tenu de leur état de fraîcheur, que leur mort ne remonte guère à plus de quelques heures : ce qui confirme mes soupçons qu'au lieu d'avoir été découverts fortuitement par les gardes-frontière qui se tiennent debout à côté d'eux (et qui ont alerté Shotemur), ils ont été abattus par ces derniers. Peut-être dans un combat, à en juger par le nombre d'étuis de munitions éparpillés tout autour. Les gardes-frontière ont récupéré sur eux trois kalachnikovs et un mortier de fabrication artisanale, ce qui peut aussi bien constituer l'arsenal d'un groupe de « terroristes » que de simples contrebandiers. Mais il semble qu'aucun chargement de drogue n'ait été découvert à proximité. J'aimerais pouvoir écrire que de grands vautours — des vautours fauves ou des vautours moines, les deux espèces se rencontrant dans le Pamir — planent en cercle au-dessus du groupe que nous formons — Shotemur, les cinq gardes-frontière, les trois cadavres et moi-même —, mais on pourrait me soupçonner d'enjoliver, compte tenu de ce que j'ai dit plus haut au sujet de la raréfaction de ces grands rapaces. En revanche, rien ne s'oppose à ce qu'un petit vautour percnoptère — tête hirsute et blanche, bec jaune — nous observe du coin de l'œil, perché non loin de là sur un rocher, tandis que des marmottes à la fourrure orange fluo, indifférentes à notre présence, s'ébattent parmi l'herbe rase des prairies. La discussion entre Shotemur et les gardes-

frontière s'envenime parfois, mais les Tadjiks
sont assez enclins à vociférer, pour le plus
léger désaccord, sans que ces éclats de voix
tirent à conséquence ou témoignent nécessairement de positions inconciliables. Le soleil est
à son zénith lorsque nous reprenons la route,
Shotemur et moi, en direction d'Alichur et non
de Langar, laissant les cinq gardes-frontière se
débrouiller avec les trois cadavres et leur four-
niment. Comme je l'avais prévu, Shotemur
m'assure qu'il s'agissait de contrebandiers, et
il élude ma question relative aux circonstances de leur mort. Mais il est si distrait, ou si
absorbé dans ses pensées, qu'à deux reprises
au moins, avant que nous ayons rejoint à hauteur d'Alichur la grand-route de Khorog à
Murghab, il manque de nous précipiter dans
le ravin. Dans de telles conditions, et même si
son intérêt pour Lindsay ne se dément pas,
quand son environnement le lui permet,
Shotemur est de moins en moins disposé à écouter mes récits hollywoodiens, qui d'ailleurs
approchent de leur fin. Lorsque nous parve-
nons à Alichur, il stoppe le gros 4 × 4 à l'entrée
du bourg et prend le temps d'aller faire ses
dévotions dans la mosquée en forme de yourte,
cantonnée de quatre tourelles, cependant que
je vais m'enquérir de la santé des deux jeunes
yaks : ils ont crû, c'est tout ce que je peux en dire,
depuis notre dernière visite, et leur propriétaire,
coiffé de son chapeau pointu, prend plaisir à
me voir leur flatter le museau, et subir, avec une

répugnance dont je m'efforce de ne rien laisser paraître, les caresses de leurs langues râpeuses et sentant le pis. Plus tard, après que nous avons franchi le col de Neizatash, le soleil déclinant fait étinceler la neige sur les sommets jumeaux, et chinois, du Muztag Ata.

Naturellement, jamais je n'ai parlé de Wendy à Shotemur, bien que ma relation avec elle soit peut-être la véritable cause, ou la cause ultime, de ma relégation à Murghab. Pour le reste, en dépit de ses efforts pour me tenir dans une ignorance aussi complète que possible de ce qui se passe dans le pays, je sais, par les mêmes canaux qui me permettent de suivre au jour le jour, si je le souhaite, l'actualité de Lindsay Lohan ou de Britney Spears, l'incarcération puis la libération anticipée de la première, la présence de la seconde au concert de Lady Gaga, je sais que l'offensive lancée dans la vallée de Racht s'est soldée par un désastre, plus de vingt militaires ou policiers, dont cinq officiers, ayant péri le 19 septembre dans une embuscade imputée par les autorités aux hommes de Mullo Abdullo ou à ceux de Mirzokhuja Akhmadov, cet autre vétéran de la guerre civile qui s'était rallié au gouvernement avant de changer de camp à nouveau. Des attentats ont également été commis dans différentes villes du pays. Pour l'instant, le secteur dont Shotemur a la charge est épargné, mais rien ne garantit qu'il le restera longtemps encore si la situation politique au Tadjikistan continue à se dégrader : et la mort suspecte des trois « contrebandiers » peut être envisagée comme un signe avant-coureur des difficultés à venir.

27

« Lindsay Lohan back to blonde ! » (Lindsay Lohan de nouveau blonde !). Le titre faisait la une du site de l'agence X17, le 26 mai, cependant que sur celui du *Sun*, un quotidien britannique coutumier des informations douteuses, on apprenait que Britney Spears avait formé le projet de se faire cryogéniser, en vue d'une résurrection à une date indéterminée. (Auparavant, elle aurait envisagé de faire convertir ses cendres en diamant, mais une opération de ce genre, pour flatteuse qu'elle soit, ne vous permet pas de revenir d'entre les morts.)

La nouvelle concernant Lindsay était accompagnée d'images la montrant telle qu'on ne l'avait pas vue, en effet, depuis longtemps, radieuse et blonde, vêtue d'un jean élimé et d'une veste rouge tellement délavée, quant à elle, et déchirée, qu'elle semblait rescapée d'un naufrage (telle que Lindsay aurait pu la soustraire, sur la plage de Venice, parmi les objets disparates échappés de la coque du *Feral*, le bateau rejeté par la mer de l'attorney Kirschbaum, dont le même jour on apprenait que le corps avait été retrouvé à la dérive, porteur d'un gilet de sauvetage désormais inutile, à quatre milles au large de Long Beach), le visage en partie recouvert par des lunettes noires, se frayant un chemin à grand-peine, avec le concours de deux gardes du corps, au milieu d'une foule de paparazzis véritablement déchaînés, au sortir d'un salon de coiffure que dans un premier temps l'agence X17 avait faussement identifié — une fois n'est pas coutume — comme le Byron, alors qu'il s'agissait manifestement, ainsi qu'on pouvait le vérifier aussitôt sur le site de TMZ, du salon d'Andy Lecompte, sur Almont. S'agissant de Britney, le *Sun* révélait que ce projet de se faire congeler lui avait été inspiré par une rumeur, apparemment infondée, concernant Walt Disney, qui lui-même aurait été cryogénisé afin de ressusciter lorsque la science autoriserait de tels prodiges ; et c'était justement à l'occasion d'une visite à Disneyland, poursuivait le *Sun*, qu'elle s'était longuement absorbée — négligeant ses enfants, ou les abandonnant à la surveillance d'une nurse — dans la consultation du site d'une entreprise basée en Arizona, Alcor Life Extension Foundation, qui était aux États-Unis l'une des plus anciennes à offrir de telles prestations. Avec malveillance, le *Sun* rapportait qu'un ancien employé de cette entreprise arizonienne, Larry Johnson, dans un livre paru en 2009 et intitulé *Frozen*, racontait comment la tête d'une star du base-ball, elle-même congelée, avait servi de balle — et reçu à ce titre un grand nombre de coups de batte — lors d'une séance d'entraînement à ce jeu improvisée avec quelques collègues.

Quant au salon de coiffure d'Andy Lecompte, que je décidai de reconnaître le jour même, au cas où Britney Spears, après Lindsay Lohan, aurait eu l'idée de s'y faire traiter, il est situé, sur Almont, au fond d'un petit passage aux murs couverts de plantes grimpantes, si étroit — tels une nasse, ou un aspirateur, à paparazzis — qu'en l'explorant on prenait la mesure des difficultés qu'elle avait dû affronter pour s'en extraire, surtout après les cinq heures d'immobilité qu'avait entraînées sa séance. À l'heure où elle y avait pénétré — 5 heures du soir (l'heure d'Ignacio), s'il fallait en croire TMZ —, le soleil, déjà bas sur l'horizon, se tenait pour ainsi dire juste en face du salon d'Andy Lecompte, aveuglant, découpant sur la façade des immeubles peu élevés situés de ce côté d'Almont Drive la silhouette des jacarandas alignés sur l'autre bord, au pied desquels leurs fleurs bleu-mauve, qui depuis quelque temps commençaient à choir en abondance, formaient un tapis clairsemé, assez épais cependant pour étouffer le bruit des pas. Ici et là de grêles palmiers se haussaient au-dessus des jacarandas, tandis que des poteaux télégraphiques en bois rugueux, d'un style assez « vintage », pour ne pas dire obsolète, soutenaient des câbles aériens distendus, rayonnant dans toutes les directions, tels qu'on en imagine plutôt dans un bidonville qu'au cœur du « quartier des arts » de West Hollywood. Et à l'heure où elle était ressortie de chez Andy Lecompte, de nouveau blonde, se frayant un chemin, non sans peine, au milieu des paparazzis accourus en grand nombre et se marchant sur les pieds, la lune se levait, aux trois quarts pleine, blanche et brillante dans le ciel bleu sombre. Or le lendemain même du jour où Lindsay Lohan ressortait, blonde, et resplendissante de beauté, bien que portant à la cheville le fameux SCRAM, du salon de coiffure d'Andy Lecompte, Britney Spears, comme si elle n'avait attendu que ce signal, pénétrait quant à elle dans le salon Byron & Tracey, sur Civic Center Drive, où elle s'apprêtait à passer trois heures — soit deux de moins que Lindsay, la veille, dans des circonstances comparables — pour faire rajouter des extensions à sa propre chevelure, naturellement blonde, autant que l'on puisse en juger, mais quelque peu hirsute et manquant de densité. À première vue, le salon Byron & Tracey souffre de la comparaison avec celui d'Andy Lecompte, ne serait-ce qu'en raison de l'aspect décousu, voire négligé, que présente à ce niveau Civic Center Drive, une artère parallèle à Santa Monica et qui n'est guère plus qu'un parking. Au demeurant, si on consulte le site du salon, on y trouve de nombreux commentaires de clientes enthousiastes, l'une d'elles, en particulier, soulignant qu'elle n'y vient que pour une certaine Gina

Veltri, qui lui « fait les sourcils », à l'exclusion semble-t-il de toute autre partie de son système pileux, avec un tel doigté qu'elle pourrait « la suivre n'importe où ! ».

Mais tandis que le salon d'Andy Lecompte voisine sur Almont Drive avec une galerie d'art, M + B, où se tient une exposition intitulée « Psychonaut », réunissant des œuvres médiocres d'où émane (conformément à la volonté de l'artiste) une odeur écœurante de désodorisant, celui de Byron & Tracey est situé sur Civic Center Drive entre une boutique de luxe momentanément close, et dont il est par conséquent impossible de déterminer ce qu'elle vend, et un commerce de vêtements, The Lady and the Sailor, dont rien n'indique qu'il soit spécialement prestigieux.

Au sortir du salon, devant lequel l'a récupérée un de ses gardes du corps, Britney Spears a été photographiée par l'agence X17 mangeant de bon appétit dans un Subway — ce qui témoigne une fois de plus de la modestie de ses goûts culinaires —, vêtue d'un jean déchiré, d'un t-shirt bleu turquoise et de baskets, exactement semblable à ce qu'elle était auparavant, si ce n'est que par comparaison avec d'autres images, faites plus tôt au cours de la même journée, et en compagnie de Jason, il apparaît que sa chevelure est désormais plus longue et plus fournie. En consultant les différents sites sur lesquels étaient éparpillées ces informations, dans ma chambre du Holloway, j'ai déclenché par

mégarde, sur l'un d'entre eux, un enregistrement sonore dans lequel Jesse James — dont
l'actrice Sandra Bullock venait de se séparer,
presque en même temps qu'était portée à la
connaissance du public la nouvelle de l'adoption
par le couple d'un enfant noir, nouvelle qui
avait suscité les protestations de ligues afro-amé-
ricaines s'indignant de ce qu'on eût soustrait
cet enfant à sa communauté pour le transférer
dans une autre —, dans lequel Jesse James, donc,
exprimait des regrets d'avoir trompé Sandra
(avec une constance qui était semble-t-il à l'origine de leur séparation), se défendait d'être lui-
même raciste, voire nazi, comme certains de ses
détracteurs l'avaient affirmé, et faisait état des
violences subies dans son enfance, tout cela
d'une voix plaintive et monocorde qui donnait
envie de lui écraser la tête entre deux pierres,
et à laquelle je ne parvenais plus à échapper,
cependant, cette confession, par suite d'une
défaillance de mon ordinateur, ou d'une maladresse de ma part, se poursuivant indéfiniment,
en dépit de mes efforts pour l'interrompre, et
parvenant même à s'imposer de nouveau, en
fond sonore, lorsque je changeais de site, au
point que le seul moyen que je trouvai finalement de faire taire Jesse James fut d'arracher la
prise et de fermer la boutique.

28

Cela faisait deux mois que je vivais à Hollywood, et quarante-trois jours que le pétrole
brut se déversait à gros bouillons dans le golfe
du Mexique, si bien que les autorités, disait-on,
avaient envisagé de larguer une bombe atomi-
que sur la brèche afin de la colmater. (« Deux
mois déjà ? » s'étonne Shotemur. « Et tu n'avais
toujours pas rencontré Britney Spears ? » « Deux
mois déjà », insisté-je. « Et je n'avais toujours pas
rencontré Britney Spears. Mais comme tu devrais
l'avoir compris, depuis le temps, le profil de ma
mission n'impliquait pas nécessairement que
je la rencontre, sinon, naturellement, lors de la
phase finale de l'opération, dans la mesure où
celle-ci serait menée à son terme. ») J'aimerais
pouvoir dire qu'à certains signes on sentait que
la saison changeait, et qu'on allait vers l'été, mais
ce serait inexact : le temps restait invariablement
le même, sinon qu'il pleuvait de loin en loin,
les seuls changements que je pourrais mention-
ner concernant la chute, déjà signalée, des fleurs

de jacaranda, peut-être la fonte des neiges sur les sommets des montagnes de San Gabriel (mais on ne parvenait que rarement à les apercevoir), et, à coup sûr, la tenue de la première *pool party* sur le toit de l'hôtel W, dans l'enceinte magique du club Drai's, à laquelle je n'avais pas été convié, mais dont j'avais pris connaissance par un article du *Los Angeles Times*. L'article soulignait que les femmes, de préférence jeunes et bien faites, qui assistaient à ces *pool parties*, prenaient grand soin de né pas se baigner, afin de ne pas nuire à l'arrangement plus ou moins sophistiqué de leur chevelure. En principe, les hommes n'avaient pas ce souci, mais il ressortait néanmoins du reportage du *Los Angeles Times* que les piscines, lors de ces *pool parties*, ne constituaient guère qu'un prétexte pour se déshabiller, contrairement à ce qui se passait à Las Vegas, par exemple, où les gens s'y précipitaient en masse, et s'y livraient le cas échéant à des jeux sexuels débridés. Quant à moi, lorsque la température s'élevait, comme elle le faisait parfois, quoique j'aie pu dire auparavant sur l'invariabilité du climat, et si je me trouvais dans ma chambre au Holloway, il arrivait désormais que je fasse tourner le ventilateur plafonnier, bien que depuis longtemps, ma carrière s'étant déroulée en grande partie sous les tropiques, je craigne d'être décapité par un mécanisme de ce genre ayant échappé à tout contrôle. (Beaucoup de nos agents sont morts décapités, accidentellement ou non, par des ventilateurs plafonniers.) Lorsque

Fuck m'a appelé pour me proposer, bien tardivement, de faire équipe avec deux de ses photographes affectés à la surveillance rapprochée de Britney Spears — j'avais finalement décliné l'offre relative à l'ascension de la colline aux serpents —, j'étais au lit avec Wendy, dans la fraîcheur relative prodiguée par le ventilateur plafonnier, et je ne lui ai répondu que de mauvaise grâce. D'un autre côté, c'était une proposition que je n'avais aucune possibilité de refuser, même si, personnellement, mon désir de rencontrer Britney Spears, ou de la voir de près, s'était à la longue émoussé (d'autre part je sentais que mes jours avec Wendy étaient comptés, et j'avais même envisagé, pour cette raison, de tout laisser tomber). Le rendez-vous avec les deux paparazzis fut fixé à l'angle de Cole et de Willoughby, non loin des studios Paramount. Britney se livrait ce jour-là, dans un studio de dimensions plus modestes, à une séance de pose en vue d'une nouvelle campagne publicitaire. L'endroit était aussi désert et aussi nul — sans rien qui accroche le regard — que peuvent l'être certains quartiers de Los Angeles, sinon même la plus grande partie de cette ville : de part et d'autre du carrefour à angle droit que formait l'intersection des deux artères s'étendaient des bâtiments bas, blancs ou de couleurs claires, percés de rares ouvertures, dominés çà et là par de grêles palmiers, entre lesquels des parkings accueillaient des voitures dont le nombre variait au fil des heures. Le plus jeune des deux paparazzis, Felipe, était garé dans une Audi Quattro le long d'un trottoir de Willoughby, en face d'un magasin de spiritueux devant lequel un clochard était étendu en plein soleil, sa tête reposant sur un sac. Le plus âgé, Sandro, au volant d'une vieille Toyota, stationnait sur Cole juste au-dessous de son intersection avec Willoughby, et à proximité immédiate de l'entrée principale du bâtiment à l'intérieur duquel, depuis trois heures déjà, Britney Spears était en train de poser. Un de ses gardes du corps — l'homme au crâne rasé que l'on voit sur les images prises dans le parking du Staples Center à la sortie du concert de Lady Gaga — allait et venait sur le trottoir, proférant de temps à autre, entre ses dents, des insultes ou des menaces à l'égard de Felipe, lequel y répondait en agitant discrètement, en alternance, un taser et un vaporisateur de poivre liquéfié. Sandro, qui avant de se retrouver à Los Angeles, et d'y travailler quatre ans comme gérant d'un parking à Beverly Hills, puis comme photographe depuis sa rencontre avec Fuck, avait servi douze ans dans la police à Porto Alegre, Sandro s'efforçait avec succès de contenir la fougue de son collègue plus jeune, et d'éviter qu'il n'en vienne aux mains avec le garde du corps. Sandro était d'ailleurs un homme qui par son calme, sa gentillesse et la délicatesse de ses manières — exactement tout le contraire de ce que l'on pouvait craindre d'un paparazzi — inspirait aussitôt la confiance et la sympathie. En fin de matinée, un quatrième personnage (en plus de moi) se joignit à ce ballet à l'angle de Cole et de Willoughby, sous l'espèce d'une journaliste du magazine *OK* qui devait être anorexique, et peut-être en même temps portée sur la boisson, d'une maigreur extraordinaire, et arpentant le trottoir, comme on l'eût imaginé plutôt d'une vieille pute, en tenant calé sous chacun de ses deux bras un chihuahua. Elle allait ainsi d'une voiture à l'autre, ses chihuahuas pointant leur museau à la hauteur des seins qu'elle n'avait pas, proposant à la cantonade un mélange de vodka et de Coca-Cola qu'elle venait de préparer, servi dans des gobelets en carton remplis de glace pilée. Elle aussi était très sympathique, et très attendrissante, à mille lieues de l'idée que l'on se fait — ou que je me faisais — d'une journaliste travaillant pour la presse de caniveau. En fait, de tout le groupe, le garde du corps était le seul à sembler dépourvu de toute qualité positive, et encore cette impression pouvait-elle être due au fait qu'il jouait dans la pièce le rôle le plus ingrat. Deux heures passèrent. La température s'élevait et il commençait à faire vraiment chaud à l'intérieur des voitures. Celle de Felipe, où je me tenais le plus souvent, était encombrée de boîtiers, d'objectifs et de caméras vidéo, outre l'ordinateur portable sur lequel, pour passer le temps, il faisait défiler des images de Britney dont certaines le montraient en compagnie de la chanteuse : il semblait en effet qu'il eût entretenu avec elle des relations au moins de proximité, sinon de camaraderie, comme lorsqu'il l'avait recueillie, égarée, au sortir d'un bref séjour à l'hôpital Cedars-Sinai et raccompagnée chez elle au volant de sa Mercedes V 12 convertible, à l'époque où elle habitait encore sur Mulholland Drive une maison de la résidence The Summit. De cette proximité, telle qu'il se flattait d'être le seul paparazzi à pouvoir obtenir de Britney autant de sourires qu'il en voulait, Felipe ne retirait cependant aucune vanité ; et jamais, bien qu'il prétendît l'avoir raccompagnée plusieurs fois jusqu'à l'intérieur de sa maison, il ne se prévalut d'en avoir reçu les mêmes faveurs qu'elle avait accordées par exemple à Adnan Ghalib, le paparazzi afghan, ou d'origine afghane, qui deux ans auparavant l'avait entraînée dans cette équipée mystérieuse et vraisemblablement sordide au Mexique. En fait, ce qui me frappe, chez Felipe aussi bien que chez Sandro, c'est que l'un et l'autre parlent de Britney avec beaucoup de retenue et une certaine affection (bien que tous les deux l'aient traquée impitoyablement lors de la séance de tonte dans le salon d'Esther Tognozzi et en d'autres circonstances), Sandro soulignant qu'« elle est exactement comme nous, partie de rien », ou portant à son crédit la simplicité de ses habitudes alimentaires (« elle mange les mêmes cochonneries que nous »), et retrouvant sur son ordinateur, comme Felipe les images de son excursion dans le coupé Mercedes, celles d'une virée nocturne de Britney lors de laquelle, après une baignade improvisée et manifestement éthylique en contrebas de la PCH, à Malibu, elle s'était appuyée à son bras, en sous-vêtements, toute ruisselante, pour sortir de l'eau et regagner sa voiture. À vrai dire, il n'y a rien de particulièrement étonnant à ce qu'ils éprouvent un sentiment plus ou moins fraternel, ou reconnaissant, à l'égard de quelqu'un qui les fait vivre et qu'ils suivent vingt-quatre heures sur vingt-quatre, ou peu s'en faut, respectivement depuis quatre et six ans (au point, d'après Sandro, le plus ancien dans le métier, d'en « rêver la nuit »). Mais il est déjà plus surprenant de les trouver l'un et l'autre aussi sceptiques quant à la réalité des histoires que leurs images servent à mettre en scène — ainsi, récemment, de la crise de rage que Britney aurait piquée au Mondrian, ou de sa liaison supposée avec un de ses gardes du corps —, comme il est surprenant de découvrir que Felipe, dont l'ambition est de devenir un jour officier du LAPD (la police de Los Angeles), tue le temps en écoutant de la musique religieuse, et brésilienne, de préférence aux chansons de Rihanna ou de Lady Gaga. À 15 h 45, l'Escalade crème, immatriculée 6 DOZ 749, franchit la porte du bâtiment abritant le studio, s'engage successivement dans Cole, dans Santa Monica puis dans Vine, avant de s'arrêter sur le terre-plein d'une station Mobil. « Elle va pisser ! » s'écrie Sandro, plein d'espoir — car une telle issue permettrait de réaliser une série de clichés —, confirmant au passage ce que Serge m'avait déjà signalé, à savoir que Britney doit très régulièrement sacrifier à cette nécessité. Mais c'est une assistante qui sort, pour aller acheter une bouteille d'eau, même si Britney ne peut résister à la tentation de lancer un regard à l'extérieur, et donc en direction des paparazzis, le temps que s'encadre dans l'ouverture de la portière son visage fatigué par la longue séance de pose, et marqué de cernes, mais éclairé cependant par son fameux sourire enfantin. Puis la poursuite reprend, tout d'abord sur Cahuenga, puis sur la 101, le véhicule d'un concurrent non identifié, pendant cette séquence autoroutière, tentant de s'intercaler, et Sandro, une main sur le volant et l'autre sur un de ses boîtiers, me faisant remarquer que s'ils avaient la volonté de s'en débarrasser, Felipe et lui, ils pourraient facilement l'envoyer dans le décor, avec leurs deux véhicules agissant de manière coordonnée. « Tu n'as pas peur ? » insiste Sandro, amicalement : mais non, je n'ai pas peur, en dépit des figures compliquées et parfois dangereuses que lui-même et Felipe décrivent pour ne pas perdre l'Escalade dans le flot de la circulation, et il y a même longtemps que je ne me suis autant amusé. Le jeu, tout en feintes et en glissades, se poursuit jusqu'à la grille de la résidence The Oaks, à Calabasas, que l'Escalade crème franchit en trombe (sans un regard pour le groupe sculpté représentant des cervidés) cinquante-cinq minutes exactement après avoir quitté le studio. Et de nouveau les heures passent, l'ennui s'installe et la chaleur monte dans les véhicules positionnés de telle sorte, en trois points différents (car un troisième employé de Fuck, Eduardo, nous a rejoints entre-temps) des voies convergeant avec Parkway, qu'aucune voiture de l'écurie de Britney Spears ne puisse quitter The Oaks à notre insu. À l'intérieur de l'Audi Quattro, sur Park Granada, Felipe tape sur son ordinateur une lettre à l'intention de Rachel, la fille d'un sénateur brésilien, elle-même sage et pieuse — Felipe insiste sur les œuvres qu'elle anime au profit des déshérités —, dont il est amoureux, sans grand espoir, et, sou-ligne-t-il, « pour la première fois de [sa] vie », bien qu'il ait déjà été marié à deux reprises. De son côté, sur Park Sorrento, Sandro mange dans une gamelle — cet accessoire aussi étroite-ment associé au prolétariat, ou à la représenta-tion de celui-ci, que le « bleu » de travail — la portion de bœuf Stroganoff que sa femme lui a préparée, et qu'il pense être un plat typique-ment brésilien, en dépit de mon assurance qu'il s'agit en fait d'un plat russe. Vers le milieu de l'après-midi, une fausse alerte nous précipite dans le sillage de l'Escalade, qui après quelques manœuvres d'évitement s'engage dans Malibu Canyon en direction de l'université Peperdine. Un peu plus tard, elle stoppe au niveau du Malibu Canyon Plaza devant la boutique d'un fleuriste, il en sort Ryan — le garde du corps préféré de Britney Spears, celui qui l'aurait appelée « Baby » à la suite du déjeuner pris en tête à tête avec elle à The Abbey —, et Felipe, qui apparemment le connaît bien, va négocier avec lui, et lui promettre qu'il ne le photographiera pas aujourd'hui avec un bouquet dans les bras, image qui ne pourrait qu'accréditer la légende de sa liaison avec son employeuse, au risque, aurait insisté Ryan, de lui faire perdre son travail.

Le dispositif est levé au crépuscule, après que Sandro, par téléphone, a consulté Fuck à ce sujet. Puis Felipe me raccompagne au Holloway — par pure courtoisie, car lui-même habite un tout autre secteur de la ville, et il aurait très bien pu me déposer en chemin à la station Universal City de la ligne rouge du métro —, en faisant un long détour par Mulholland, à travers les collines, pour me montrer l'entrée de la résidence The Summit devant laquelle il a passé des nuits entières à guetter la voiture de Britney. À cette heure-ci, la ville en contrebas est partiellement nappée d'une brume violette, ou lilas, et les cimes plus ou moins enneigées des montagnes de San Gabriel se distinguent vaguement dans le lointain.

29

Le lendemain matin, collés de nouveau au cul de l'Escalade, nous l'avons suivie jusqu'à l'entrée de l'école où Ryan venait récupérer les deux gnards, et j'ai moi-même prêté main-forte à Sandro et Felipe — « Shoot them ! Shoot them ! » m'encourageait ce dernier — en les filmant avec la caméra vidéo cependant que tous deux les mitraillaient au téléobjectif. Et c'est ainsi que j'ai découvert combien il était facile de prendre goût à ce genre de choses, surtout quand on a exercé toute sa vie un métier qui ne va pas sans quelques indiscrétions. Les deux enfants avaient leurs noms — Sean Preston, Jayden James — inscrits sur leurs cartables, de telle sorte qu'on ne pouvait pas les louper, mais il fallait faire vite pour les intercepter, le temps qu'ils franchissent, sous la protection de Ryan, les quelques mètres séparant la voiture de l'entrée de l'école. Sandro m'a fait observer qu'ils avaient l'air heureux, et qu'il en allait toujours ainsi lorsque c'était Ryan qui venait les chercher, alors qu'ils faisaient la tête, et toutes sortes de difficultés, si c'était Jason qui s'acquittait de la même tâche. « C'est peut-être à cause de sa barbe, ajouta Sandro : il semble qu'ils le prennent pour un ours. » (Dans le journal du matin, un article rapportait justement comment des associations de bienfaisance, dans le Skid Row — le grand dépotoir à ciel ouvert des sans-logis et des camés —, avaient servi à des nécessiteux de l'ours noir, du porc sauvage et de l'antilope, comment l'un des enfants soumis à ce régime s'en était ému auprès de sa mère — « Maman, ils nous font manger de l'ours ! » — et comment l'un des chasseurs qui étaient à l'origine de cette entreprise charitable avait rétorqué que lui-même et sa femme, après qu'il eut tué un ours au mois d'octobre, avaient trouvé sa chair si délicieuse qu'ils n'avaient rien mangé d'autre pendant deux semaines, « même au petit déjeuner ».) Puis l'attente a repris, interminable, alternativement sur Park Sorrento, Park Granada, ou encore le terre-plein de la station-service Low P. à l'intersection de Calabasas Road et de Parkway, cet emplacement étant de très loin le plus recherché — bien qu'il requière une vigilance accrue, compte tenu du nombre de voies qui s'y rencontrent — parce qu'il offre la possibilité de se nourrir et de pisser dans des conditions acceptables. Comme tout ce qui s'apparente à la chasse, le métier de paparazzi comporte de rares moments d'excitation, ceux de l'approche et du tir, enchâssés dans des périodes d'inaction que l'on dirait infinies, d'autant plus éprouvantes qu'aussi longtemps qu'elles se prolongent, et ce peut être pendant des journées ou des nuits entières, l'attention du chasseur ne doit jamais se relâcher, faute de quoi le court instant où le gibier se dévoile risquerait de lui échapper. Ce jour-là, tantôt avec Sandro, tantôt avec Felipe, et plus rarement avec le troisième homme (celui-là me lassait par son bavardage incessant), je l'ai passé presque entièrement à cuire à petit feu dans des voitures le plus souvent garées en plein soleil, n'échappant à la dépression que grâce aux bribes de leurs vies, ou de leurs aspirations, que les deux Brésiliens me livraient pour tuer le temps, dans la mesure où s'était établie entre nous, plus inexplicablement encore qu'avec Wendy, une relation de confiance immédiate, comme il ne peut en exister, me disais-je, qu'entre parias (ou à la rigueur sur la passerelle d'un navire, entre marins affectés de concert à ce quart de nuit, le *zérac* — de zéro heure à quatre heures —, qui est réputé le plus dur). En fin de journée, et comme il ne se passait toujours rien, Sandro a suggéré à Felipe de me raccompagner. Mais alors que nous étions déjà presque à mi-chemin de West Hollywood, sur la 101, Sandro a appelé pour signaler que Britney venait de sortir de The Oaks pour se diriger apparemment vers le centre commercial Commons, en compagnie de son père, de ses deux enfants et d'un garde du corps. Avec un raffinement de courtoisie digne d'une autre époque, ou d'un autre contexte, Felipe m'a demandé si « cela m'ennuyait que nous retournions à Calabasas », alors qu'évidemment il n'avait pas le choix, et c'est ainsi qu'après avoir fait demi-tour sur l'autoroute, nous avons foncé, dans la lumière du soir qui faisait étinceler les vitres des voitures et les carrosseries lustrées au petit poil, vers le parking du centre commercial. Sandro s'y tenait déjà, en embuscade, ses deux boîtiers armés de téléobjectifs, au pied du restaurant de hamburgers Johnny Rockets dans lequel Britney venait de s'engouffrer avec sa suite. « Vas-y ! » m'exhortait Felipe, me poussant vers l'entrée du Johnny Rockets. « Tu vas enfin la rencontrer ! » Et, voyant que j'hésitais : « Tu pourras peut-être lui parler ! » (En vérité, il savait très bien que, l'eussé-je voulu, le garde du corps m'en aurait empêché.) Je pénétrai finalement dans le bistro, par la grande porte, avec beaucoup plus d'appréhension et de gêne que je n'en avais éprouvé lorsque je m'étais introduit dans le jardin du Chateau Marmont en me glissant à travers la haie. J'aperçus Britney, vêtue d'un short brun, d'un t-shirt rayé beige et vert et de nu-pieds violets (un jeu de couleurs, observai-je, qui témoignait d'un goût un peu plus exigeant que d'habitude), assise à une table sur la gauche, avec les deux mômes en train de s'empiffrer, plus le père et le garde du corps. Je l'entendis glousser. Il me sembla qu'elle me regardait lorsque je passai la porte, comme on le fait inévitablement dans une situation de ce genre. L'instant était tellement solennel que j'en avais le souffle coupé, et que je restai sans voix lorsqu'un serveur vint au-devant de moi pour me placer. « Voulez-vous une table particulière ? » me demanda-t-il (les trois quarts étaient inoccupées). Et, naturellement, pour ne rien laisser paraître de mon trouble, par pur orgueil, je lui assurai, dès que j'eus retrouvé ma voix, que je m'en foutais complètement, et le serveur, par vice, ou pour me punir de ma mauvaise foi, m'a attribué la table la plus éloignée de celle de Britney, à laquelle par surcroît elle tournait le dos. Puis je dus commander, car on ne s'installe pas à une table chez Johnny Rockets simplement pour se goberger, et, alors que Britney, comme je le constatai en regardant par-dessus mon épaule, était en train de se lever (et sans doute de s'éloigner de moi à jamais, si l'opération, comme je le présumais, devait être annulée), j'attendis longuement, harcelé au téléphone par Sandro et Felipe qui avaient terminé leur travail, avec un plein succès, et se demandaient ce que je fabriquais, j'attendis longuement, par pusillanimité, un hamburger dont le serveur différait avec un plaisir sadique la livraison, et dont je savais par ailleurs que je serais incapable de le manger.

30

« Albertine disparue ! » C'est par ce message
codé, ainsi qu'il avait été convenu entre nous
dans l'hypothèse où une telle chose se produirait,
que le colonel Otchakov, qui se pique de goûts
littéraires, m'a signalé que la destinée de Fuck
venait de s'achever. (Par un curieux rapproche-
ment, c'est dans les minutes qui suivirent, alors
que je quittais le Holloway, qu'un clochard que
j'avais déjà rencontré — il m'avait extorqué un
peu d'argent, quelques semaines plus tôt, sous
prétexte que c'était son anniversaire et qu'il voulait aller au cinéma — m'a demandé à brûle-
pourpoint si je connaissais Venise — la vraie, et
non le quartier de Los Angeles qui a usurpé
son nom —, et s'il était exact que, dans cette
ville, les gens ne se déplaçaient qu'en gondole.
« Même les enfants qui vont à l'école ? » insista-
t-il, et je lui assurai, pour ne pas le décevoir, que
les enfants vénitiens, ou la plupart d'entre eux,
se rendaient à l'école en gondole.)

La mort de Fuck, pour prévisible qu'elle fût,

à certains égards, m'a affecté plus que je ne l'aurais imaginé : à la longue, ses manières originales — sa furtivité, son laconisme, ses goûts anachroniques, son intérêt pour toutes sortes de choses étrangères à la sphère de son activité — me l'avaient rendu sympathique, outre que les rares informations qu'il me communiquait, de loin en loin, m'avaient permis, sinon de m'acquitter brillamment de ma mission, dans sa première phase, au moins de dissimuler en partie l'étendue de mon échec, et de prodiguer à mes chefs assez de renseignements de seconde main pour justifier la confiance limitée qu'ils m'accordaient. Mais les événements qui suivirent, ou qui plutôt se précipitèrent dans la brèche ouverte par sa disparition, ne me laissèrent que peu de temps pour m'appesantir sur le chagrin modéré qu'elle me causait. Tout d'abord, la mort de Fuck impliquait inéluctablement l'annulation de la mission, comme me le confirma dans le cours de la même journée un autre message codé — « les carottes sont cuites » —, presque aussi laconique que le précédent, bien que témoignant d'une moindre ambition littéraire. Dès que la nouvelle m'était parvenue, d'autre part, j'avais réussi à prévenir Wendy que quelque chose de grave venait de se produire, et qu'elle ne devrait pas chercher à me joindre avant que je reprenne contact avec elle. Et bien m'en prit : car lorsque après avoir erré près de deux heures dans West Hollywood et dans Beverly Hills, pour me calmer, essayant une veste chez

Prada, dans Rodeo Drive, puis une autre chez Armani, dans Robertson, et prenant même le temps de déjeuner rapidement chez Cecconi's d'un risotto aux champignons sauvages arrosé d'un verre de vin blanc (le plus cher de la carte), je suis repassé par le Holloway, la police m'y attendait, depuis longtemps déjà — ce qui avait gâté l'humeur du lieutenant et du sergent affectés à cette mission —, pour me conduire là où le corps de Fuck avait été retrouvé afin que je puisse l'identifier. Je dois porter au crédit des deux flics, le lieutenant et le sergent, qu'en dépit de leur mauvaise humeur passagère ils ne me traitèrent pas en suspect. (En découvrant leur véhicule sur le parking du Holloway, j'avais imaginé aussitôt quelque chose comme ce qu'on voit dans les films, quand le type doit plaquer ses mains sur le toit de la voiture cependant qu'un policier lui notifie sur un ton monocorde qu'il a le droit de garder le silence, et que tout ce qu'il dira désormais pourra être retenu contre lui.) Mais cela ne m'aidait en rien à déterminer pourquoi la police, non contente de venir me chercher au Holloway, s'adressait à moi pour identifier le corps de quelqu'un que je n'étais pas censé connaître. Et ce qui me préoccupait plus encore, puisque la mort de Fuck ne remontait apparemment qu'à quelques heures, c'était d'établir par quelles voies les services, en la personne du colonel Otchakov, en avaient été avertis dès l'instant où elle s'était produite, sinon même avant celui-ci. La voiture de police, ayant branché son avertisseur sonore en quittant le parking du Holloway, rejoignit d'abord la 101, puis passa de celle-ci sur la 110, au-delà d'Echo Park, laissant sur sa gauche les gratte-ciel de Downtown, avant de rouler longuement vers le sud à travers ces quartiers de Los Angeles où les gens, pour la plupart, n'ont pas choisi d'habiter. À la hauteur de l'échangeur par lequel la 110 se connecte avec la 105, que je connaissais déjà pour l'avoir emprunté le jour où nous avions poursuivi Katy Perry jusque dans la salle d'embarquement de l'aéroport, la voiture a quitté l'autoroute pour venir se garer sur le parking de la station Harbor Freeway, la plus étrange, et la plus spectaculaire, de la ligne verte du métro, et peut-être de l'ensemble du réseau. Cette station, je la connaissais aussi — mais seulement du point de vue d'un usager du métro — pour y avoir retrouvé Fuck lors d'un de nos derniers rendez-vous, circonstance que j'étais bien décidé à passer sous silence lors de l'interrogatoire auquel la police ne pouvait manquer de me soumettre. Sur le parking traînait en liberté un american staffordshire aux côtes saillantes, apparemment abandonné, et il s'y voyait aussi, de manière beaucoup plus étonnante, de petits tas de crottin, quelle que fût la raison pour laquelle un cheval s'était égaré en ce lieu (peut-être appartenait-il à la police montée). L'ascension vers le quai de la station — la ligne verte est tout ce qu'il y a de plus aérienne, et même suspendue —, par des escalators en panne, revêt un caractère étrangement solennel, comme une sorte d'hommage funèbre scandé par le martèlement de nos pas sur les marches métalliques immobiles. Au fur et à mesure que l'on s'élève, le bruit de la circulation — une rumeur indistincte, de laquelle ne se détache que rarement un son particulier — devient plus oppressant, pour atteindre son intensité maximale au niveau de la station, celle-ci étant située au milieu des voies de la 105, de plain-pied avec elle, et enveloppée dans toutes les directions par les longs tentacules des bretelles de raccordement. Dans la courbe décrite par l'une d'elles — celle qui relie la 110 en direction du sud à la 105 en direction de l'ouest, autant que je puisse en juger — s'inscrit la silhouette des gratte-ciel de Downtown, et à l'arrière-plan le dessin estompé des sommets des montagnes de San Gabriel. Au bout de quelques minutes, la rumeur automobile, sans doute en raison d'une particularité de sa fréquence, entraîne chez un sujet normalement constitué un engourdissement de tous les sens, et c'est peut-être cette anesthésie par le bruit qui avait été fatale à François-Ursule, en le privant de réaction au moment où il avait été attaqué. « Il a sans doute été victime d'un gang », me déclara aussitôt, sans que je lui aie rien demandé, le policier en civil qui semblait avoir pris la direction des opérations. Le corps de Fuck gisait sur le quai en direction de Norwalk, couché sur le dos, à l'intérieur d'un périmètre délimité par l'habituel ruban jaune. Personnellement, je ne lui vis aucune marque de coups, mais il me sembla que son visage présentait une étrange teinte bleuâtre. Après que je l'eus identifié, l'inspecteur — ou tout du moins le flic qui portait des vêtements civils — ne me posa aucune question, à ma grande surprise, et m'assura que je pouvais rentrer chez moi, tout en me prévenant que je risquais d'être convoqué par la suite. Puis, alors que je m'éloignais, trop heureux de m'en tirer, même provisoirement, à si bon compte, il me rappela pour me montrer un fascicule assez mince, de couleur orange, qu'il me dit avoir trouvé sur le quai à côté du corps inanimé de Fuck, et dont il pensait qu'il était tombé de sa poche. « C'est en français... Ça vous dit quelque chose ? »

« Eh bien, comme vous pouvez le voir », lui répondis-je, en m'efforçant de dissimuler mon étonnement, et de faire comme s'il n'y avait rien là que de très banal, « il s'agit d'un texte de Karl Marx, la *Critique du programme de Gotha* ». « Vous connaissez ? » insista le flic. « Oui, plus ou moins, enfin, ça remonte à loin... Comme son titre le suggère, c'est un texte programmatique — un des rares de Karl Marx — dans lequel celui-ci, pour autant que je m'en souvienne, s'en prend violemment aux Lassalliens... » Le flic haussa le sourcil.

« Enfin, bref, ajoutai-je, c'est un texte mineur, et qui n'est plus vraiment d'actualité. »

31

La nuit tombait sur MacArthur Park et le hall de l'hôtel était plongé dans l'obscurité. De l'extérieur, à travers la porte vitrée sur laquelle je tambourinais pour attirer l'attention d'Abdul, probablement assoupi, seule se distinguait une urne en bronze garnie d'un bouquet d'orchidées blanches, dont les fleurs crémeuses, ou lactées, semblaient absorber le peu de lumière disponible. Lors de mon trajet de retour, j'avais observé de part et d'autre de la ligne bleue du métro, non moins aérienne que la verte, une profusion de slogans religieux — la piété est aux États-Unis la chose la mieux partagée, mais les temples de toutes obédiences sont encore plus nombreux chez les pauvres que chez les riches, peut-être parce que les premiers sont plus éclectiques, ou plus divisés, que les seconds —, la plupart rédigés en espagnol, ou en anglais, d'autres en portugais ou en coréen, signalant des lieux de culte tels que la Glory Church of Jesus Christ ou la Iglesia de Cristo Camino de

Santidad, et parmi lesquels c'était cette citation de l'Évangile de Matthieu — « Come to me, all you who are weary and burdened, and I will give you rest » —, associée à une fresque représentant (hideusement) un Christ aux bras ouverts sur fond de ciel bleu, qui détenait le record de longueur. Ces inscriptions alternaient avec d'autres, plus brèves et d'une moindre envergure spirituelle, dans le genre « No Loitering », « We buy scrap », « Zion Cabinets », « El Latino Allegre Night Club » (manifestement un boxon), ou « Toda la ropa mercancia no mas de $ 9.99 ». À l'intérieur même de la rame, je relevai celle-ci, qui témoignait d'une confiance limitée dans le bon sens de la clientèle hispanique : « Por favor, no descarge su pistola al aire este Año Nuevo » (S'il vous plaît, ne déchargez pas votre pistolet en l'air à l'occasion du Nouvel An). Et maintenant, au-dessus du perron de l'hôtel, c'était encore une inscription sonnant comme une injonction divine — « All things whatsoever ye would that men should do to you, Do ye even so to them[1] » — que je découvrais, alors qu'à l'évidence elle avait été là de tout temps (elle était gravée dans la pierre), cependant que je tambourinais sur la porte vitrée, de plus en plus impatient, en venant même à secouer furieusement la chaîne cadenassée qui, à l'intérieur, maintenait réunis les deux battants. En

---

1. « Toutes les choses que vous voudriez que les hommes fassent pour vous, faites-les pour eux. »

apprenant la mort de Fuck, Abdul manifesta une peine sincère, jointe à une inquiétude assez vive. Il me demanda si je ne craignais pas d'avoir été suivi, et je lui dis que non, je pensais ne pas l'avoir été, dans la mesure où les flics de Los Angeles, à mon avis, plaçaient dans l'automobile une confiance trop aveugle, ou trop exclusive, pour être capables de monter à l'improviste une filature dans le métro. En revanche, puisqu'ils savaient que je connaissais Fuck, ils pouvaient savoir également qu'Abdul était en relation avec lui : et s'ils l'ignoraient encore, ils le découvriraient probablement en épluchant son carnet d'adresses. C'est d'ailleurs pour cette raison que je décidai de le tenir à l'écart de mes projets, bien que je n'eusse rien à lui reprocher. Wendy m'avait rejoint entre-temps. Dans le bar désaffecté de l'hôtel, parmi les meubles — dont, me semble-t-il, un piano à queue, mais je ne pourrais en jurer — recouverts de housses (des fantômes de meubles dans un fantôme de bar), nous avons passé en revue les événements de la journée pour tâcher d'en découvrir le sens, s'ils en avaient un, ce qui n'était pas avéré. Car il se peut, en effet, que Fuck ait été assassiné par des membres d'un gang sans raison particulière, ou pour des raisons liées à tel ou tel aspect de sa vie privée, compte tenu de ce qu'il devait y avoir dans celle-ci des choses plus troubles, plus compliquées, que son aimable prédilection pour les écureuils terrestres. Mais pourquoi, dans cette hypothèse, et comment, le colonel Otchakov aurait-il été averti aussitôt de sa disparition ? Est-il envisageable, comme je l'ai déjà soupçonné, que les menaces pesant sur Britney Spears n'aient jamais eu la moindre réalité, et que l'on ne m'ait envoyé à Los Angeles, sous ce prétexte, qu'afin de faire diversion et d'endormir la méfiance de Fuck, le véritable objectif des services étant de se débarrasser de ce dernier ? Quant à déterminer, si cette conjecture est fondée, ce qu'ils avaient à lui reprocher, ce n'est pas de mon ressort : et d'autant moins que les origines de leur différend pouvaient remonter au déluge, ou aux dernières années de la guerre froide, et à cette période où les services, d'après le dossier que j'avais consulté, prétendaient avoir perdu sa trace. Quoi qu'il en soit — et bien que dans ce cas ma propre vie, en tant que témoin, ou comparse, d'un assassinat commandité, soit désormais menacée —, je suis condamné à faire comme si de tels soupçons ne m'avaient jamais effleuré, et à attendre les prochaines instructions de mes employeurs, en espérant qu'ils n'ont pas décidé par surcroît de me désigner à leurs homologues américains comme l'auteur du crime.

32

Dans la version que j'ai livrée à Shotemur des événements qui suivirent — version évidemment expurgée, par ailleurs, de toute considération mélodramatique ou sentimentale —, je décris les circonstances de ma fuite telles qu'elles auraient dû s'enchaîner, si rien n'était venu contrarier le plan imaginé de longue date par le colonel Otchakov. C'est ainsi que l'on me retrouve, quelques jours après la disparition de Fuck — et alors que nous sommes sans nouvelles d'Abdul, dont on ne peut exclure qu'il ait connu le même sort —, installé sous une fausse identité (suffisante pour un portier d'hôtel, non pour un officier d'immigration) dans un établissement, le Sunrise, occupant le numéro 525 de South Harbor Boulevard, dans le quartier de San Pedro. Du point de vue de la mission — qui se limite désormais aux modalités de mon exfiltration —, le Sunrise est commodément situé. Si l'on emprunte Signal Street, dans le prolongement de South Harbor, rien, de prime abord, ne suggère que l'on se trouve à la périphérie immédiate du premier port des États-Unis, et du seul qui par l'étendue de ses installations, ou le volume des marchandises manutentionnées, soutienne encore la comparaison avec ses concurrents asiatiques. Du côté droit de Signal Street se succèdent les entrepôts désaffectés, rideaux de fer baissés, et, sur la gauche, le dépôt de carburant ne semble guère mieux loti, avec ses citernes rouillées et ses voies de chemin de fer envahies par la végétation. Le long du mur protégeant le dépôt poussent de loin en loin des cyprès, dont l'aspect chétif et tourmenté témoigne d'une lutte incessante contre le vent. Au bout de la rue se dresse un entrepôt encore en activité, au moins partiellement, même s'il donne autant que les autres l'impression de pouvoir s'effondrer à tout moment. Bien que ce bâtiment soit de facture assez rustique, on observe que sa gouttière se déverse dans des gargouilles en forme de têtes de lions, la gueule béante, et que le mur aveugle qu'il présente à la mer porte cette inscription : « Welcome to the Port of Los Angeles ». De nuit, ce décor invite au crime avec une telle insistance qu'il ne viendrait à personne l'idée de s'y aventurer sans nécessité. Et cependant, c'est à l'extrémité de ce terre-plein, dont Signal Street forme l'épine dorsale, que sont établis la station de pilotage du port de Los Angeles, ombragée par quelques palmiers, et l'appontement dévolu au service des *water taxis* : ces derniers — de petites embarcations assurant le transport des passagers, à la demande, à travers les bassins — constituant à vrai dire la seule raison pour laquelle nous nous sommes donné la peine de parcourir Signal Street sur toute sa longueur. Depuis cet appontement des *water taxis*, en effet, on aperçoit sur la rive opposée du Los Angeles Main Channel (ainsi que ce bras de mer est désigné sur les cartes), outre une prison maritime, l'immense terre-plein du Pier 400, entièrement dédié à la manutention des conteneurs, et dont près de la moitié est concédée à l'armement danois Maersk — le numéro un mondial dans ce domaine —, comme l'atteste la couleur uniformément bleue — le « bleu Maersk », entre l'azur et le turquoise — non seulement des navires à quai (à l'exception toutefois de leurs superstructures) mais aussi des portiques, des cavaliers et de tout le matériel déployé pour les servir. Et c'est ici qu'intervient l'imagination, ou l'ingéniosité — mal récompensées, comme on le verra —, du colonel Otchakov, dont le dernier message était ainsi libellé : « Iron thoughts sail out at evening on iron ships[1] ». (Il s'agit, on l'aura remarqué, d'un vers assez obscur de Malcolm Lowry, circonstance qui ne pouvait manquer de laisser pantois les services américains lorsqu'ils en prendraient connais-

---

1. « Des pensées de fer appareillent dans le soir sur des bateaux de fer. »

sance.) En clair, et conformément à des dispositions arrêtées au préalable entre nous, cela
signifiait que dans les vingt-quatre heures suivant la réception de ce message je devais me
présenter toutes les deux heures au niveau de
l'embarcadère des *water taxis*, où un employé
de Maersk, qui se ferait connaître sous le nom
de Mickey, viendrait me prendre en charge,
pour m'introduire dans une caisse d'outillage
à bord d'un porte-conteneurs en partance pour
l'Europe. Personnellement, je n'y ai jamais
cru : et pas seulement parce que les procédu-
res d'exfiltration sont reconnues comme un
des points faibles des services. Non. La défiance
que ce plan m'inspirait, depuis que le colonel
Otchakov me l'avait exposé, tenait plutôt à
des détails, peut-être superficiels, ou difficile-
ment explicables, tels que le choix d'un navire
danois (même s'il battait pavillon du Panama),
ou encore le pseudonyme ridicule de cet employé
de Maersk, pour ne rien dire de cette caisse
d'outillage dans laquelle il me répugnait de
devoir me cacher (ce qui m'attendait était encore
bien pire, mais je n'en avais alors aucune idée).
Toujours est-il qu'en dépit de la ponctualité
avec laquelle, toutes les deux heures, et pendant deux jours, je me suis rendu à l'embarcadère, m'attirant à la longue la méfiance et
la goguenardise du personnel, aucun pseudo-
Mickey ne s'y est jamais présenté, contrairement à ce que je me suis efforcé de faire croire
à Shotemur, dans le récit que je lui fis de ces

événements, tant par souci de préserver la réputation des services qu'afin de taire le rôle joué
par Wendy lors de ma seconde tentative d'exfiltration.

33

À la mi-juin, et pour peu que l'on se tienne au bord de la route 62 dans la traversée de Twentynine Palms, c'est vers cinq heures du matin que le jour commence à poindre. Lorsque je sortis de la chambre, un vent frais, précédant l'immobilité brûlante qui s'établirait dès que le soleil s'élèverait au-dessus de l'horizon, ridait la surface de la piscine, agitait la cime des palmiers et faisait vibrer, en haut de son mât, l'enseigne lumineuse du motel (ce motel dont je ne pouvais m'empêcher de traduire le nom — El Rancho Dolores — par « la Ferme des Douleurs », tout en sachant qu'il ne signifiait rien de tel). Quelques centaines de mètres, tout au plus, séparaient le motel de la station-service la plus proche, mais pour les franchir il fallait cheminer sur un bas-côté sablonneux, pulvérulent, où le pied — ou plutôt les fameuses chaussures Polo, celles dont j'avais fait l'acquisition pour gravir la colline aux serpents — s'enfonçait jusqu'à la cheville, imprimant à ma démarche quelque chose de laborieux et d'hésitant, quelque chose qui peut-être s'observait aussi chez les immigrants clandestins abandonnés par leur passeur et errant dans le désert avant d'y mourir de soif. Pour me sauver la mise, et pour pallier l'échec du plan imaginé par le colonel Otchakov, Wendy en avait improvisé un autre, à peine moins farfelu, mais qui constituait désormais ma seule chance de franchir la frontière des États-Unis sans être soumis à un contrôle. Moyennant une somme assez importante que je lui avais remise, elle s'était arrangée avec un conducteur de train de marchandises pour que celui-ci ralentisse, en un point précis de la voie de chemin de fer menant à Yuma, en Arizona, et de là au Mexique, assez longuement pour que j'aie le temps de me hisser à bord d'un conteneur dont il aurait pris soin, au préalable, de briser les scellés et de laisser la porte entrouverte. (Ce conteneur et la place qu'il occuperait dans le convoi nous avaient été décrits avec une certaine précision.) Si cette opération avait la moindre chance de succès, me semblait-il, c'était dans la mesure où de telles choses, en général, se passaient plutôt dans l'autre sens, du Mexique vers les États-Unis. Outre qu'elle avait été conçue par Wendy, dont je ne doutais pas, décidément, qu'elle pût accomplir des miracles. La veille, après notre arrivée tardive à Twentynine Palms et notre installation au Ranch des Douleurs, nous avions marché longuement sur le bas-côté de la route 62, dans le sable pulvérulent, et dans une obscurité d'autant plus éprouvante que nous étions régulièrement éblouis par les phares des voitures venant en sens inverse, jusqu'à ce bistro qu'un indigène nous avait désigné comme le Blue Bar — tout en précisant, contradictoirement, qu'il ne portait aucun nom — et qui devait se trouver, si mes souvenirs sont exacts, à proximité de l'embranchement, sur la gauche, d'une route bordée de salons de coiffure, ou de massage, et d'échoppes de tatoueurs (en plus d'une salle de cinéma surmontée d'une fresque évoquant le descellement de la statue de Saddam Hussein lors de la prise de Bagdad), et menant à l'entrée d'un camp d'entraînement appartenant au corps des Marines. En dépit de la proximité de leur base, ceux-ci étaient moins nombreux que les civils parmi les clients du Blue Bar, où ils se distinguaient par leur carrure et une certaine gaucherie : l'un d'eux — cela me revient maintenant, avec l'idée concomitante que nous sommes désormais voisins —, après avoir enchaîné plusieurs séjours en Irak, apparemment sans dommage pour lui, s'apprêtait à repartir pour l'Afghanistan, où il devait fêter son 32e anniversaire, au mois d'août, peut-être le jour même où commence ce récit. On peut penser tout le mal qu'on veut des États-Unis : mais il me semble que nulle part ailleurs, dans le monde, on ne rencontrera dans un bar autant de gens différents — des hommes et des femmes, des jeunes et des vieux, des beaux et des moches, des gringalets et des colosses, des Noirs et des Blancs, des anglophones et des hispanophones, des militaires et des civils — communiant dans un tel climat d'innocence, si difficile que puisse être la définition de cette qualité, ou de cet état d'esprit. Ce soir-là, j'avais été frappé, notamment, par l'extraordinaire indulgence, et le feint enthousiasme, avec lesquels le public avait accueilli une pâle imitation de Janis Joplin, en karaoké, à laquelle s'était livrée une jeune femme obèse et partiellement édentée. Plusieurs clients nous avaient offert des tournées, et ainsi de suite, de telle sorte que nous étions rentrés ivres au Ranch des Douleurs. Aussi présumais-je que Wendy, en se réveillant, aurait la gueule de bois, et c'est pourquoi j'achetai dans la boutique de la station-service, tandis que le jour se levait, deux bouteilles de Coca-Cola glacé — celles en plastique, que je n'aime pas, mais c'étaient les seules disponibles — en même temps que le *Los Angeles Times*, dans lequel je guettais vainement, depuis la mort de Fuck, un article relatif aux circonstances de celle-ci. Wendy dormait encore lorsque je suis rentré dans la chambre, la tête enfouie dans l'oreiller et la bouche entrouverte, ronflotant doucement, avec une expression si enfantine, si désarmée — c'est, il est vrai, le cas de la plupart des dormeurs, et même les assassins les plus retors, ou certains d'entre eux, doivent présenter dans leur sommeil une telle expression —, que j'en eus le cœur serré. Sans faire de bruit, j'ouvris mon ordinateur, dont l'écran scintilla, bleuté, dans la pénombre, et je fis le tour des sites spécialisés, par réflexe, pour prendre des nouvelles de ces stars dont le sort, ce jour-là, m'était complètement indifférent. Lindsay Lohan, une fois de plus, avait fait la fermeture du Bar Marmont, et son assistante, Eleonore, venait de la plaquer, épuisée, disait-elle, par « ses exigences incessantes ». Quant à Britney Spears, qui sur les images apparaissait vêtue d'une chemise blanche, d'un short en jean effrangé, et de ces mêmes tongs mauves qu'elle portait lorsque je l'avais croisée chez Johnny Rockets, elle s'apprêtait à partir avec Jason Trawick, « en amoureux », pour un week-end à Santa Barbara, entreprise dans laquelle l'agence X17 dénonçait une nouvelle manœuvre pour abuser le public et masquer l'état lamentable de leur relation : et il est de fait que l'un et l'autre avaient un air hagard, tels que le photographe les avait saisis, avec à l'arrière-plan ce garde du corps au crâne rasé que détestaient les paparazzis, Britney les cheveux hirsutes (en dépit de ses toutes récentes extensions), l'œil vague, les bras croisés sur la poitrine et les poings serrés, et Jason également défait, avec l'expression caractéristique d'un type qui a passé toute la nuit à se défendre contre des accusations proférées avec véhémence et plus ou moins fondées. Mais Wendy et moi-même, si un paparazzi nous avait surpris au moment où nous quittions le Ranch des Douleurs, aurions-nous donné au public l'image d'un couple plus heureux ? Dès les premières heures de la matinée, alors qu'à la sortie de Twentynine Palms nous nous engagions sur la route menant à Mecca à travers le parc national de Joshua Tree, la température atteignait déjà des sommets, qu'elle était appelée à dépasser de beaucoup en milieu de journée, et la voiture que Wendy s'était procurée pour m'acheminer jusqu'à mon rendez-vous ferroviaire était dépourvue de climatisation. Dans un autre contexte, j'aurais sans doute été sensible à la beauté des paysages que nous traversions, mais l'imminence de notre séparation, et les appréhensions que m'inspirait la suite de mon propre voyage, me rendaient surtout attentif aux détails hideux, tels ces cactus arborescents, vieillissants et noircis, dont les tiges velues évoquaient des pattes d'araignées monstrueuses. Comble de malchance, à la sortie d'un virage, nous ne pûmes éviter un écureuil terrestre qui s'était aventuré sur la chaussée, et la vision du petit animal écrasé raviva le chagrin, pourtant modéré, comme je l'ai noté, que la mort de Fuck m'avait inspiré, en même temps que la crainte de connaître un jour ou l'autre un sort semblable. Il était un peu plus de midi lorsque nous avons poussé la porte de la Taqueria Guerrero, à Mecca (La Mecque !), à l'instant précis où l'équipe des États-Unis égalisait contre l'Angleterre lors d'un match de la coupe du monde de football. Des clameurs et des applaudissements saluèrent cet exploit, et cependant le public n'était composé que d'immigrants mexicains, ou hispaniques, dont certains étaient probablement en situation irrégulière. Il nous fallait reprendre des forces avant l'épreuve finale : aussi avons-nous mangé des tacos — *carne asada* — et bu de la bière très fraîche, tandis qu'à la télévision les joueurs américains et britanniques continuaient à se pourchasser sur le terrain, et dans la salle le public à soutenir les premiers. Passé Mecca, la route en direction de la Salton Sea et de Bombay Beach courait parallèlement à la voie ferrée — celle que je devrais emprunter — au milieu d'un désert de poussière blanche que la réverbération faisait étinceler. Il était difficile d'imaginer un environnement plus impropre à la vie, et au repos du corps ou de l'esprit. Bientôt apparurent sur la droite les eaux également étincelantes, mais bleues, du lac salé. Au niveau de Bombay Beach — un hameau qui ne semblait peuplé que de pauvres et de réprouvés, vivant pour certains dans des caravanes, et qui d'ailleurs étaient tous assoupis à ce moment de la journée —, une route perpendiculaire à celle que nous suivions depuis Mecca (la 111) menait jusqu'à la berge du lac, en un point où celle-ci était constellée de poissons morts, par centaines, si bien cuits par le soleil, et la saumure, qu'aucune puanteur n'en émanait. Au large, des bandes de pélicans, tant blancs que bruns, se goinfraient de ceux qui étaient encore en vie. Des hérons et des aigrettes, des mouettes et différentes sortes de limicoles se voyaient aussi sur le rivage, uniformément recouvert d'une croûte de sel qui le faisait craquer et croustiller sous nos pas. Ce rivage, d'autre part, était absolument désert, à l'exception d'un Noir obèse, ses chairs formant de prodigieux amas, qui se tenait assis, ou vautré, à l'ombre d'un parasol dont la couleur turquoise se rapprochait de celle de l'eau. Sur la rive opposée, autrement invisible, on distinguait la silhouette d'une montagne, estompée par la chaleur et la réverbération, qui ressemblait au Stromboli, tel qu'on peut le voir depuis la passerelle d'un navire faisant route de Gênes vers le canal de Suez. Wendy et moi, nous nous fîmes nos adieux dans une chambre du motel Ski Inn, le seul de son espèce à Bombay Beach, et sans doute l'établissement le plus modeste, sinon le moins hospitalier, qu'il m'ait été donné de fréquenter aux États-Unis. On apercevait par la fenêtre un mur nu sur lequel une croix avait été peinte et flanquée de cette inscription : « He Lives. » À tout instant, sur la voie de chemin de fer parallèle à la route 111, surgissaient de l'horizon d'interminables convois de wagons *double stack*, puis ce fut au tour du mien, qui se signala de loin par une succession de coups de sifflet avant de ralentir à l'extrême, comme convenu, avec d'effroyables grincements, après quoi les circonstances de mon embarquement évoquèrent à tel point un film de Charlie Chaplin, du fait de ma maladresse, ou de mon manque d'entraînement, que la dernière image que j'emportai de Wendy fut celle d'une fille pliée de rire, s'efforçant à grand-peine de conserver son équilibre sur le remblai.

Que voulez-vous que j'ajoute à cela ? Sinon que, dans l'hypothèse où je devrais revenir un jour du Tadjikistan (lorsque toutes les plaques minéralogiques des véhicules franchissant la frontière chinoise auront été relevées ?), il me semble que je n'aurai rien de mieux à faire que de retourner le plus vite possible à Los Angeles, et certainement pas pour m'y occuper de Britney Spears.

Shotemur est entré dans le bureau, à pas de loup, alors que j'écrivais les lignes qui précèdent : mais, si tant est qu'il ait essayé, il n'a pas eu le temps de les lire. (Ses études de français à l'Institut des langues étrangères ayant été interrompues par la guerre, il parle cette langue beaucoup mieux qu'il ne la lit ou ne l'écrit.) Maintenant, il tourne en rond dans la pièce, l'air emprunté, démontant puis remontant avec fébrilité son arme de service, un pistolet Tokarev, avant d'en garnir le chargeur de balles brillantes et grasses. Tels, me dis-je, de gros hannetons (ou d'autres scarabées). À l'extérieur, le jour se lève, il fait frais, le vieux 4 × 4 Lada est garé devant la porte, moteur tournant, environné d'un nuage bleuté de gaz d'échappement. À l'arrière-plan se voit une statue de Lénine, blanche et luisante comme un de ces monuments de saindoux que réalisaient autrefois les charcutiers.

« Ça te dirait que nous allions chasser le léopard des neiges ? On raconte qu'il y en a encore quelques-uns dans les montagnes au-dessus de Chechekty... »

Je sais que c'est un bobard, ou du moins je le présume, mais je m'abstiens de lui en faire la remarque. Au moment où je m'apprête à monter dans la voiture — moteur tournant, environnée d'un nuage bleuté de gaz d'échappement — pour y prendre place à côté de Shotemur, j'observe qu'il a laissé au râtelier le fusil, un Mauser datant de la Seconde Guerre mondiale, qu'il emporte généralement dans de telles expéditions. « Mais au fait, lui demandé-je, depuis quand chasse-t-on le léopard des neiges avec un Tokarev de calibre 7.62 ? »

*L'histoire des démêlés de Mark Rothko avec l'hôtel Four
Seasons doit beaucoup à un article de Jonathan Jones
publié dans le* Guardian *daté du 7 décembre 2002.*

DU MÊME AUTEUR

Aux Éditions Gallimard

CYRILLE ET MÉTHODE, 1994

JOSÉPHINE, 1994, POINT SEUIL, 2009.

ZONES, 1995 (Folio n° 2913).

L'ORGANISATION, 1996. Prix Médicis 1996 (Folio n° 3153).

CAMPAGNES, 2000, La Table Ronde « La Petite Vermillon », 2011.

Aux Éditions P.O.L

LA CLÔTURE, 2002 (Folio n° 4067).

CHRÉTIENS, 2003 (Folio n° 4413).

TERMINAL FRIGO, 2005 (Folio n° 4546).

L'HOMME QUI A VU L'OURS, 2006.

L'EXPLOSION DE LA DURITE, 2007 (Folio n° 4800).

UN CHIEN MORT APRÈS LUI, 2009 (Folio n° 5080).

LE RAVISSEMENT DE BRITNEY SPEARS, 2011 (Folio n° 5543).

Chez d'autres éditeurs

CHEMINS D'EAU, Éditions Maritimes et d'Outre-Mer, 1980, Payot 2004.

JOURNAL DE GAND AUX ALÉOUTIENNES, J.-C. Lattès, 1982, La Table Ronde « La Petite Vermillon », 2010. Prix Roger Nimier, 1982.

L'OR DU SCAPHANDRIER, J.-C. Lattès, 1983, L'Escampette, 2008.

LA LIGNE DE FRONT, Quai Voltaire, 1988. Prix Albert Londres 1988, La Table Ronde « La Petite Vermillon », 2010.

LA FRONTIÈRE BELGE, J.-C. Lattès, 1989, L'Escampette, 2001.

C'ÉTAIT JUSTE CINQ HEURES DU SOIR, avec Jean-Christian Bourcart, Le Point du Jour, 1998.

TRAVERSES, Nil, 1999.

DINGOS, suivi de CHERBOURG-EST/CHERBOURG-OUEST, éditions du Patrimoine, 2002.

L'AVENTURE, photographies d'Isabelle Gil, La Table Ronde, 2011.

L'ALBATROS EST UN CHASSEUR SOLITAIRE, éditions Cent Pages, 2011.

VU SUR LA MER, La Table Ronde « La Petite Vermillon », 2011, Prix Gens de Mer 2012.

DINARD : ESSAI D'AUTOBIOGRAPHIE IMMOBILIÈRE, avec Kate Barry, La Table Ronde, 2012.

Composition Nord Compo
Impression Maury-Imprimeur
45330 Malesherbes
le 20 janvier 2013.
Dépôt légal : janvier 2013.
Numéro d'imprimeur : 179307.

ISBN 978-2-07-045043-5. / Imprimé en France.

248285